カフカはなぜ自殺しなかったのか？

弱いからこそわかること

頭木弘樹
Hiroki Kashiragi

春秋社

死にたいという願望がある。
そういうとき、この人生は耐えがたく、
別の人生は手が届かないようにみえる。

カフカ

はじめに　死にたいと思ったことがありますか？

自殺したいという願望

29歳の秋、カフカは窓辺に立って、はるか下をながめていました。

長いこと窓辺に立ち、身体を窓ガラスに押しつけていた。
橋の上で通行税を取りたてている男が見えた。
墜落（ついらく）してあいつをびっくりさせてやろうか、
という気がたびたび起こった。

このときだけでなく、カフカは何度も自殺を考え、ほとんどいつも死にたいと思っていました。

ぼくが全面的に信頼できるのは、
死だけだ。
死になら、自分を差し出せる。
たしかなのは、このことだけだ。

しかし、カフカはついに自殺することはありませんでした。

ぼくの人生は、
自殺したいという願望を払いのけることだけに、
費（つい）やされてしまった。

という言い方をしていますが、ともかく、彼は思いとどまることができたのです。

なぜ自殺しなかったのか？

「なぜカフカは自殺しなかったのでしょう？」

という質問を、私は何度も受けてきました。

言われてみれば、なるほど不思議です。

でも、私はそれまで、そのことについてちゃんと考えたことがありませんでした。

「自殺した理由」は考えても、「自殺しなかった理由」は考えないものではないでしょうか?

でも、「自殺しなかった理由」を考えることも、とても大切なことかもしれません。


というのも、自殺は、決して他人事ではないからです。

これまでの人生で自殺を一度も考えたことのない人は、いないのではないでしょうか?

どこまで本気かはともかく、自殺が頭をよぎることが、人にはあるものです。

そして、本当に自殺してしまう人が、世界では年間80万人以上だそうです。約40秒ごとに1人が、自ら命を断っているのです。

日本でも年間2万5千人近くの人が自殺しています。世界的にも多いほうです。変死として処理されてしまうこともあるので、実際にはもっとずっと多いとも言われています。

そして、自殺未遂者は、少なくともその10倍だそうです。

親しい人に自殺されてしまった人、自殺されかけた人も、それだけ多いということです。

なぜ、こんなにも自殺が身近なのでしょうか？

『変身』を書いた男

自殺したために、「なぜ自殺したのでしょう？」と問われる人はあっても、自殺しなかったからといって、「なぜ自殺しなかったのでしょう？」と問われる人は珍しいでしょう。しかし、カフカはそういう人です。

「自殺しなかった理由」について考えるとき、これほど適している人は、他にいないと思います。

フランツ・カフカ。小説家です。サラリーマンとして生活しながら小説を書きました。読んだことはないという方でも、名前は聞いたことがあるのではないでしょうか。

「ある朝、目がさめたら、ベッドの中で虫になっていた」という出だしで有名な『変身』という小説のことも、どこかで耳にされたことがあるかもしれません。

カフカはつねに生きづらさを感じていました。自分でこう言っているほどです。

ぼくは自分の弱さによって、
ぼくの時代のネガティブな面に否応（いやおう）なしに気づかされてきた。
ポジティブなものは、ほんのわずかでも身につけなかった。
ネガティブなものも、ポジティブと紙一重（かみひとえ）の、底の浅いものは身につけなかった。

カフカに似たところのある作家に、たとえば芥川龍之介や太宰治がいます。

芥川龍之介は、しばしば自殺を口にし、ついに本当に自殺しました。

太宰治も、何度も自殺未遂をくり返し、ついに本当に自殺しました。

（ちなみに、おそらく日本で最も早くカフカを読んで評価したのは芥川です。太宰もまた、カフカを読んでいたようです）


カフカの周囲でも、自殺した人たちがたくさんいます。

カフカの曾祖母（そうそぼ）は自殺しています。

学生時代の同級生も2人、自殺しました。サナトリウムでの知り合いも自殺しました。

勤め先の上司も自殺しました。『カフカとの対話』という本を書いたグスタフ・ヤノーホは、カフカの同僚の息子でしたが、その同僚も自殺しました。

友人の作家エルンスト・ヴァイスも自殺しました。

カフカが好きだった作家、クライストも自殺しています。

自殺未遂を経験した人たちは、もっとたくさんいます。


カフカも、つねに自殺を口にしますが、ついに本当に自殺することはありませんでした。

自殺未遂もありません。

これはいったいなぜなのでしょうか？

カフカ自身の言葉で、カフカの人生を追う

自殺の理由について芥川はこう書いています。


ただぼんやりした不安である。

何か僕の将来に対するただぼんやりした不安である。


自殺の理由は、明瞭(めいりょう)に語れるようなものではないようです。

自殺しなかった理由もまた、簡単に語れるものではないでしょう。

そこでこれから、カフカの人生を、じっくり追ってみたいと思います。そうすることでしか、答えは出ないと思うからです。

それも、日記や手紙などの、カフカ自身の言葉をもとに。なにより、当人の言葉こそが、いちばんたしかですから。

もちろん、周囲の人たちの証言も、必要に応じて参照していきたいと思います。

カフカのことをまったく知らない人も少なくないでしょうが、ぜんぜん問題ありません。初めて出会うつもりで、カフカについて書いていきたいと思います。

すでにカフカについて知っている人でも、きっとカフカの新しい面と出会うことになるでしょう。それは私自身にとっても同じです。


彼はどう生きて、なぜ自殺したいと思い、なぜ自殺しなかったのか?

私たちは、そこから、何を感じとることができるでしょうか……。

カフカのプロフィール

まずはカフカの生涯を簡単にご紹介させていただきます。

1883年7月3日、ボヘミア王国（現在のチェコ）の首都プラハで、豊かなユダヤ人の商人の息子として生まれました（同じ年、日本では志賀直哉が生まれています。夏目漱石よりはかなり年下で、芥川龍之介よりは少し年上です）。

大学で法律を学び、半官半民の労働者災害保険局に勤めて、サラリーマン生活を送りながら、ドイツ語で小説を書きました。

当時の人気作家だった親友のマックス・ブロートの助力で、いくつかの作品を新聞や雑誌に発表し、『変身』などの単行本を数冊出します。しかし、生前はリルケなどごく一部の作家にしか評価されず、ほとんど無名でした（『変身』が出版された一九一五年、日本では芥川龍之介の『羅生門』が雑誌に掲載されました）。

1917年、34歳のとき喀血し、1922年、労働者災害保険局を退職。

1924年6月3日、41歳の誕生日の1カ月前、結核で死亡しました（同じ年、日本では安部公房が生まれています）。


三度婚約しますが、三度とも婚約解消し、生涯独身で、子供もありませんでした。


遺稿として、三つの長編『失踪者（アメリカ）』、『訴訟（審判）』（夏目漱石の『こころ』と同じ頃に書かれました）、『城』のほか、たくさんの短編や断片、日記や手紙などが残されました。

それらをブロートが苦労して次々と出版していきました。

最初の日本語訳が出版されたのは昭和15年（1940年）。白水社刊、本野亨一訳『審判』。6、7冊しか売れなかったそうです（そのうちの1冊を安部公房が手に入れていました）。


今では世界的に、20世紀最高の小説家という評価を受けるようになっています。

しかし、カフカが本当に読まれるのは、むしろこれからです。

カフカは現代に通じるところがとてもあります。現代人としか思えないほどです。

カフカのような人は当時は珍しかったでしょうが、今では身近に似た人がいたり、「こういうところは自分に似ている」と、共感する人もきっと少なくないでしょう。

27 歳のカフカ

カフカはなぜ自殺しなかったのか？——弱いからこそわかること　目次

1

ガラスの壁のなかの少年

「あの人自身にはもっともっと驚かされます」

それではこれから、日記や手紙などをもとに、カフカの人生を追っていきたいと思います。

カフカの恋人のミレナは、カフカのことをこんなふうに言っています（マックス・ブロート『フランツ・カフカ』辻瑆(ひかる)、林部圭一、坂本明美訳　みすず書房［以後は「ブロート」と略します］）。

あの人の本には驚かされます。
でも、
あの人自身にはもっともっと驚かされます。

カフカの書いた本、たとえば『変身』には、たしかに驚かされます。朝、目がさめたら虫になっていたという、最初の1行から、もうびっくりさせられます。

それよりも「**もっともっと驚かされる**」カフカとは、いったいどんな人だったのでしょうか？

ギムナジウムの14歳のカフカ

14歳未満の自殺者は少なく、自殺者が急に増えるのは、それ以降です。
遺（のこ）されているカフカの言葉で、いちばん若い頃のものも、14歳のときの書き込みです。

来る者がいて、去る者がいる。
別れる者もいて、そしてしばしば——再会はない。

1897年11月20日（14歳）フーゴー・ベルクマンの記念帳への書き込み

ギムナジウム（日本の中高一貫校に相当します）の同級生で友人のフーゴー・ベルクマンの「記念帳」に、カフカが手書きしたものです。

「わたしは当時の習慣に従って『記念帳』をもつようになり、これに親戚や友だちから思いついたことばや挨拶の類（たぐ）いを書き込んでもらった」とベルクマンは書いています（ハンス＝ゲルト・コッホ編『回想のなかのカフカ　三十七人の証言』吉田仙太郎訳　平凡社［以後は『回想のなかのカフカ』と略します］）。

ですから、他の友達の書き込みもあります。

「われらの友情に終わりがないように」と少年らしいことが書いてあります。

そのすぐそばに並んでいるのが、このカフカの言葉です。あきらかに異質です。

「別れても、きっとまたいつか再会できる」とか書かないところが、さすがです。


実際には、カフカとベルクマンとの別れはありましたが、再会もありました。

「われらの友情に終わりがないように」と書いた少年とベルクマンの友情のほうは、その後、続かなかったそうです。

「彼のまわりにはなにかガラスの壁のようなものがあった」

同じくギムナジウムの同級生のエーミール・ウーティッツは、カフカについてこう書いています。

「ぼくらは決して彼と完全にうちとけることができなかった、いつでも彼のまわりにはなにかガラスの壁のようなものがあった……彼はいつまでも遠いよそよそしい存在だった」

（クラウス・ヴァーゲンバッハ『若き日のカフカ』中野孝次、高辻知義訳　ちくま学芸文庫［以後は『若き日のカフカ』と略します］）

「すらりと背が高く（中略）じつにものしずかで、繊細で（中略）善意の人であり、少し当惑して笑っていた」（『回想のなかのカフカ』）

あこがれの同級生「ぼくは君がとても好きだ」

ぼくが本当に話をしたのは君だけだった。

君はぼくにとって――他にもたくさんのことを意味したが――
窓のような存在だった。
その窓を通して、ぼくは往来（おうらい）をのぞくことができた。
自分ひとりでは無理だった。
ぼくの背がいくら高くても、窓のところまでは届かなかった。

1903年11月8日（20歳）オスカー・ポラックへの手紙

14歳から、いきなり20歳にとびます。

「いくらなんでも、とばしすぎだろう」と思われるかもしれませんが、じつはカフカの少年期の文章で、残っているものは、とても少ないのです。カフカ自身が焼いたからです。

オスカー・ポラックも、ギムナジウムの同級生でした。15歳の頃からのつきあいです。少年の頃には、同い年とは思えないような、大人びた、いろんなことを知っていて、いろんなことに通じている、あこがれを感じさせるような同級生がいたりするものです。オスカー・ポラックはまさにそういう少年でした。勉強ができて、スポーツ万能で、楽器が弾け、明るくて行動的で、話すと面白く、たくさんの友達がいました。

まるで漫画の登場人物のようです。ギムナジウムの頃の写真を見ると、白黒でやや不鮮明ですが、整った顔をしています。おそらく美男です。

カフカとポラックの関係は、カフカがポラックに魅了され、ポラックがカフカをリードするというものであったようです。

「**ぼくは君がとても好きだ**」とカフカは手紙に書いています。

まだ知らない世界へと導いてもらう

自分の城の中にある、自分でもまだ知らない広間。

それを開く鍵（かぎ）のような働きが、多くの本にはある。


1903年11月8日（20歳）オスカー・ポラックへの手紙

カフカはオスカー・ポラックから多大な影響を受けました。

たとえば『芸術の番人』というアート雑誌を読むようになったのもポラックの影響です。

そして、この雑誌の影響で、ニーチェを熱心に読むようにもなりました。

17歳の夏に、家族で田舎に遊びに行ったときも、『ツァラトゥストラはかく語りき』を持って行き、そこの郵便局長の娘に朗読して聴かせ、頭のいい人だとモテたりしています。

自分の小説を読んでもらう

神はぼくが書くことを望まない。

しかしぼくは、ぼくは書かなければならない。

1903年11月8日（20歳）オスカー・ポラックへの手紙

この「**神はぼくが書くことを望まない**」は、深刻な気持ちで神様を持ち出しているわけではなく、思うように小説が書けないということを、少しふざけて言っているだけです。

作家になりたいということは、フーゴー・ベルクマンにも言っていますが、実際に書いたものを見せたりはしていません。他の誰にも見せていません。むしろ、隠していました。

ところが、オスカー・ポラックには、自分の小説や詩を送り、どうか読んでほしいと頼んでいます。どれほど彼に傾倒していたかがわかります。

「ポラックに宛てて書いた若い時の手紙を読むと、カフカがすすんで自分の作品を送ったり朗読して聴かせようとしていることがわかるのだが、これは驚くべきことである。後年のカフカにはそのようなことはなかったのだ」（ブロート）

いったい何のために、ぼくらは本を読むのか？
君の書いているように、幸福になるためか？
いやはや、本なんかなくても、ぼくたちは幸福になれるだろう。

それに、幸福になるための本なら、いざとなれば、ぼくたち自身でも書ける。

いいかい、必要な本とは、
苦しくてつらい不幸のように、
誰よりも愛している人の死のように、
すべての人から引き離されて森に追放されたように、
自殺のように、
ぼくらに作用する本のことだ。

本とは、ぼくらの内の氷結した海を砕(くだ)く斧(おの)でなければならない。

1904年1月27日（20歳）オスカー・ポラックへの手紙

カフカが自分の文学観について語っている、有名な文章です。
「自殺」という言葉が初めて出てきた手紙でもあります。
このとき、カフカはまだこれといった作品は書いていません。その段階ですでに、これほどはっきりとした考えを持っていたということに驚かされます。

後にカフカが書く作品は、まさにこの言葉通りのものです。

文中に「**君の書いているように、幸福になるためか？**」とあるように、ポラックの意見に反論しているのです。自分では届かない窓のように、見上げてあこがれていた、大好きなポラックの意見に。

この少し前、１９０３年頃から、ふたりの友情は少しずつ冷めてきていました。べつにケンカしたわけではありません。これといった事件があったわけでもありません。ようするに、ふたりとも大人になったということです。

同級生にあこがれ、自分にあこがれる同級生を導くという関係は、ふたりがそれぞれに自分の世界を持ち、別の道を歩み始めたときに、成り立たなくなります。

カフカとポラックの友情は、１９０４年の春頃（20歳）に自然消滅します。その年の半ばには、カフカは『芸術の番人』の定期購読もやめています。

15歳から始まった友情は、20歳で終わったのです。まさに、10代の後半ならではの友情であったということでしょう。

ポラックとの友情が終わる少し前に、カフカはマックス・ブロートと出会います。

「マックス・ブロートの知己を得たことは、大げさに言えば世界文学史的な影響をもった」とドイツ文学者の高辻知義は書いています（『若き日のカフカ』）。

親友との出会い

あの人がいたからこそ、この人が輝けた。

そういう幸せな組み合わせが、時折あるものです。

天才なのはホームズだとしても、ワトソンの存在はやはり欠かせないでしょう。

カフカとブロートが最初に言葉を交わしたのは、１９０２年10月23日の夜のことでした。カフカは19歳。ブロートはひとつ下の18歳。ブロートはギムナジウムを卒業して、カフカと同じプラハ・ドイツ大学に入ったばかりでした。

しかし、ブロートはすでに有名でした。新聞や雑誌にたくさんの原稿を書いている作家であり、詩人であり、音楽家であり、作曲家であり、何を語らせても才気あふれる人物で、たちまち学生たちの中心となっていました。

その夜もブロートは、「プラハ・ドイツ学生の読書・講演ホール」で、「ショーペンハウアーとニーチェ」という題で講演をしました。それをカフカが聴きに来ていたのです。

そして、講演後にブロートに話しかけ、そのままふたりで語り合いながら帰ったのです。

ブロートはそれまでにもカフカを目にしたことはありました。しかし、目をとめてはいませんでした。カフカに対して「注意を払ったことがなかった」と書いています。「彼自身が地味であったばかりでなく、服装も地味で控え目だったのだ」「その姿を認めるだけでも容易でなかったのだ」

しかし、この帰り道でのカフカとの会話は、ブロートにとって忘れられないものとなります。「私は非常に深い印象を受けたので、今日でも、どの通りのどの家の前でわれわれ二人のこの対話が行われたか覚えている」と約50年後に書いています。

よほど話が合ったのかというと、そうではありません。

ブロートは講演の中で、ニーチェについて「ごく簡単に『山師』という一言で片づけてしまった」のです。ニーチェなんていかさまで、多くを語るに値しないというわけです。

そのことについて、カフカが異論をとなえたのです。

それをきっかけに、話はさらに、それぞれが好きな作家のことになりました。

そこでも、ふたりは対立しました。

ブロートが大好きなマイリンクという作家を、カフカは嫌いでした。ブロートが「ここぞと思われる箇所をそらで引用」すると、それも徹底的に否定します。

そして、「私が挙げたのと反対の傾向のものの例として、つまりカフカの気に入るものの例として、彼はホーフマンスタールの『玄関口の濡れた敷石のにおい』という一句を引いた。そして長い間黙ったままでおり、一言も付け加えなかった。あたかもこの詩句の秘やかな目立たぬ味わいがそれ自らの価値を語り出すとでもいうふうに」

講演の内容に異論をとなえ、好きな作家を否定し、自分の好きな言葉を引用して説明もしない。普通だったら、怒りかねないでしょう。

怒らないまでも、まるで話が合わないのだから、これきりにしようと思うでしょう。

しかし、そう思わないのが、ブロートの面白いところです。

このときから、カフカとブロートの生涯続く友情が始まります。それは、カフカが亡くなった後も、ブロートによってずっと大切にされていきます。

隠れる名人と見つける名人

あの男の口からは、話が棒のようになって出てくる。

マックス・ブロートが自分の日記に書き留めたカフカの言葉

ブロートが自分の日記に書き留めた、最初のカフカの言葉です。

「この言葉でカフカはある男（中略）の特徴を言い表わしたのだ。その男は話し出したらなかなか言葉を切らない癖があった」

このようにブロートは、会話の中でカフカが面白い表現をすると、それを書き留めるようになります。「カフカの表現力に舌を巻いて感心した」ためです。

今はカフカのほうが有名なので、ブロートがカフカの言葉を書き留めていても、べつにおかしな感じはしませんが、その頃の周囲の人たちにとっては、不思議な感じがしたことでしょう。当時、カフカは気づくのも難しい存在で、ブロートは他の学生たちのあこがれの的でした。それにしては、立場が逆ではないかと。

前にご紹介したポラックとカフカの関係について、ブロートは「この交友関係ではカフカは求愛者の立場に立った」と書いています。

そして、「カフカと私との交友関係にあっては、事情はむしろ逆だった」と。すでに作家であるブロートが、無名なカフカの言葉を書き留め、作品を「一生懸命に頼み執拗にせがんだあげく」、見せてもらったりしているのです。

カフカがなかなか作品を見せようとしないのは、もったいをつけているわけではなく、見せる価値がないと思っているからです。

社会的にも、カフカ自身にも、評価されていない作品を、それでもブロートは高く評価しました。ブロートが、社会的な評価に左右されずに、自分がいいと思うものは高く評価する人であったということ、有名だからといって優位に立とうとする人ではなかったということがわかります。

そんなブロートを、カフカがポラックよりも低く評価していたということはありえません。ただ、カフカは、華やかな同級生にあこがれる年齢を通り過ぎて、自分の世界を持つようになっていたのです。

自分を否定して原稿を隠すカフカと、才能を見抜き引き出そうとするブロートは、穴に隠れる名人と、それをひっぱり出す名人というような、正反対の、けれどもこれほど絶妙の組み合わせはないという、名コンビだったのではないかと思います。

初めて小動物に変身する！

散歩のとき、ぼくの犬が、道を横切ろうとしていたもぐらをつかまえた。
犬は何度ももぐらに飛びかかっては、また放した。
犬はまだ若く、臆病だったからだ。
ぼくは最初、面白がっていた。
道の地面は固く、穴などないのに、
それを必死になって探しているもぐらのあわてぶりが、とくに愉快だった。
しかし突然、犬がのばした前足でまたもやもぐらを叩いたとき、
もぐらが叫んだ。クス、クススと。
するとそのとき、ぼくに起きたのだ。
――いや、何も起きなかった。ただ、そんな錯覚をしただけだ。
というのも、その日、ぼくの頭は重く垂れ下がっていたのだ。

あごが胸にめり込んでいたことに、夕方になって気づいて驚いたほどだった。

1904年8月29日（21歳）マックス・ブロートへの手紙

エリアス・カネッティは『もう一つの審判』（小松太郎、竹内豊治訳　法政大学出版局［以後は「カネッティ」と略します］）というカフカ論の中で、この手紙をとても重視して、「もぐらの手紙」と呼んでいます。

「彼はこの叫び声を聞きながら、もぐらに変身する」

「彼は、もぐらであるということがどんなことであるかを感じる」

犬がもぐらを襲ったとき、カフカは最初、面白がっています。愉快にさえ思っています。この時点では、カフカは強者の視点からながめています。当然ながら、カフカの連れている犬は、カフカにとって脅威ではありません。もぐらがいちばん弱く、犬が強く、カフカはさらにその上です。

犬ともぐらの争いは、もぐらがどんなに必死であろうと、人間であるカフカにはただの笑い事です。

ところが、もぐらがふいにクス、クススと叫びます。その声は、犬に向けられたものではなく、思わず発せられた悲鳴であり、祈りです。それは、カフカの耳にも届きます。その鳴き声をきっかけに、カフカは突然、もぐらへと変身します。すべての出来事を、もぐらの視点から見るのです。

同じ手紙でカフカはこう書いています。

「**ぼくらはもぐらのように掘り進み、真っ黒になり、ビロードのような毛を生やして、埋もれた砂の穴から出てくる。ぼくたちの哀れな赤い小さな前足を、やさしい思いやりを求めてさし上げながら**」

この手紙から2、3年後の1906〜1907年（23歳頃）に、カフカは『田舎の婚礼準備』という小説を書きます。その中で、主人公はベッドで虫になるところを夢想します。さらにその後の1912年（29歳）に書いた小説『変身』で、主人公はついに本当に虫に変身します。

また、カフカの小説には、小さな弱い生き物が主人公のものがたくさんあります。たとえば、『歌手ヨゼフィーネもしくはネズミ族』はネズミの話ですし、『巣穴』はもぐらのような生き物の話です。登場する動物は、人間のように語り、考え、不安を感じます。

このブロートへの手紙こそが、小さいものへの変身の始まりなのです。

なぜ小さなものに変身しなければならないのか？

カネッティはこう書いています。「自分が相手よりもだんだん小さくなることによって、強者と自分との間の距離を大きくした。この収縮によって彼は二つのものを獲得した。彼は自分が暴力にとってあまりにも微々たるものになったことによって、威嚇から消え失せ、そして暴力に至るあらゆる忌わしい手段から彼自身を救ったわけである」

言い方が難しいですが、じつは誰でもある程度は気持ちを理解できるのではないでしょうか。「小さくなろう」としたことのある人は、決して少なくないと思うのです。

たとえば、学校の教室で、目立ちたくないと思ったら、自然とうつむいて、肩をまるめ、身体を小さくしようとするのではないでしょうか。

外の世界に脅威を感じるとき、人は自然と小さくなろうとします。脅威の目にとまらないようにしようとするのです。

小さくなることは、もちろん、脅威に対して、より弱くなってしまうことでもあります。しかし、自分自身が誰かの脅威になってしまうこともなくなります。

強い人間に対して、自分も強くなるという抵抗の仕方もありますが、「自分は決して強くならない」という抵抗の仕方もあります。

「彼が特に好んで変身した小動物たちは無害であった」（カネッティ）

ちなみに、『変身』の虫は「毒虫」と訳されることもありますが、小説を読むとわかるように、決して毒は持っていません。まったく無害で無力です。

そして、小さく弱くなるということは、たんにサイズや力が変わるだけのことではありません。世の中の見え方がちがってきます。

人間のカフカが笑っていたとき、もぐらは命の瀬戸際であったように、人間が見ている世界、犬が見ている世界、もぐらが見ている世界は、同じ世界であっても、見え方がまるでちがいます。

作家の多くは、人間以上の神の視点から世の中をとらえることができる人たちかもしれません。

しかしカフカは、まったく逆に、小さく弱い小動物に変身して、そこから世の中を描きました。そこからしか見えないものが、たしかにあります。

もぐらの叫び声が耳に届いたとき、カフカはそれに気づいたのではないでしょうか。

普通の人よりずっと下という偉人

午後に少し昼寝をして、ふと目をさますと、まだ夢うつつの状態だったが、母が何気なく、バルコニーから下に向かって、「何をしているの？」と尋ねるのが聞こえた。誰か女性が庭から答えた。「緑の中で、おやつを食べているの」このときぼくは驚嘆した。人々が生きるすべを心得ている、そのあぶなげのなさに。

1904年8月29日（21歳）マックス・ブロートへの手紙

母親と、庭にいる女性との、何気ない日常的な会話。なぜカフカは驚嘆したのか？

この頃、『ある戦いの記録』という小説を書き始めていたのですが、その中にも、このエピソードがほぼそのまま取り入れられています。それほど印象的だったようです。

カフカ自身も「**ごくありふれた出来事**」と書いているのですが、おそらくは、ありふれていたからこそ、驚嘆したのでしょう。

なぜなら、カフカにとっては、ごく普通に、ごく自然に、何気なく、なんでもない会話を交わすという、ありふれたことは、とても難しいことだからです。

「あなたは普通ね」と言われると、たいていの人は気を悪くします。

つまりは、普通を下に見ています。

しかし、普通というのは、なかなかどうして、かなりハイレベルなことです。

普通に手が届かない人はたくさんいます。

普通の人なら普通に暮らせる日常を、さまざまな脅威や不安におびえ、ぎこちなく、つまずきながら、生きづらさにもがいて耐えている人もいます。

歌人の穂村弘さんの『世界音痴』（小学館文庫）という本に、「『自然さ』を持てないために世界の中に入れない人間の苦しみ」について書かれている箇所があります。

飲み会で自然に楽しんだり、右の席の人とも左の席の人とも自然に会話したり、自然に席を移動したりする人たち。「みんなのようにやればいいんだと思っても」それができない。「なぜなら、私だけは『自然に』それができないからだ」

「むしろ普通の人がなんとも思わないことまで、ひとつひとつの出来事を痛いくらい意識しているはずだ。『自然さ』を奪われた者は、そうしなくては生きていけないからである。だが、どんな努力も『自然さ』の替わりにはならない」

カフカもそんなふうに、ふたりの女性の会話の自然さに驚嘆したのかもしれません。たいていの作家は普通の人たちより上にいます。だから偉大な作品を書くことができます。でもカフカは、自分を普通の人たちよりずっと下だと感じていました。そういう生きづらさの中から、カフカの作品は生まれています。

「普通」というのは難しいものです。あこがれても手が届かず、見上げれば首が痛いほどのものです。「**人々が生きるすべを心得ている、そのあぶなげのなさに**」に「**驚嘆した**」としても、決しておかしくはありません。

この手紙には、「普通」にあこがれるカフカの特徴がよく表れていると思います。

ドタキャン、遅刻、身体の心配

申し訳ないけど、今晩は君のところに行けない。

頭痛がして、歯が欠けて、ひげそりの切れ味がよくない。


1907年5月（23歳）マックス・ブロートへのハガキ

ブロートの家に行くと約束していたのを、当日の午後に断るハガキです。短い文面の中にも、カフカのいくつかの特徴がよく表れています。

人づきあいが苦手なカフカでも、ブロートと会うことは楽しみにしていますが、それでもこうしてドタキャンをします。決して珍しいことではありません。「今晩は行けない」とか「昨晩は申し訳ない」といった文面のブロート宛の手紙がたくさん残っています。ドタキャンだけでなく、遅刻もよくしました。

「彼はよく時間に遅れて来た」とブロートは書いています。外での待ち合わせで、「空腹でおなかをくうくう言わせながら、私はそこらを行ったり来たりした。しかし、背の高いすらっとしたカフカの姿が現われると、いらいらした気持はたちまちどこかへ行ってしまった。彼はたいてい困ったような薄笑いを浮べていた。(中略)また実際彼が急ぎ足でぱっぱっとやって来るのを見ると、はげしい言葉を浴びせる気にはならなかった」

いつも同じ場所で長く待たされるので、ブロートはそばの建物の様子をすっかり覚えてしまったそうです。

カフカはとても人に気をつかうほうです。待たせておいても気にしないということはありえません。それなのに、なぜ遅刻をするのでしょうか？

ブロートは「だらしがなくて遅れるのではなく、来る前に別のことをちゃんと片付けておかなければ承知できない性分だったからだ。世の中に大切でないものはひとつもなかったのだ」と説明しています。


それに加えて、カフカのひきこもり傾向も原因だったのではないでしょうか。

ひきこもり傾向のある人は、毎日同じところに同じように出かけているとしても、初めてのところに初めて出かけるときのように、したくに手間取るものです。

また、ひきこもり傾向のある人にとっては、友人の家を訪ねるだけでも、普通の人にとっての登山や海外旅行に相当します。ですから、細かな体調不良も気になりますし、それだけでも訪ねることができない理由になるのです。


とはいえ、「**頭痛がして、歯が欠けて**」はともかく、「**ひげそりの切れ味がよくない**」から行けないというのは、「?」となる人が多いでしょう。

会う約束をしていて、「ひげそりの切れ味がよくないから行けない」と言われたら、たいていの人はむっとするのではないでしょうか。

でも、カフカにとっては、これも大きな出来事なのです。普通の人にとってはとるにたらない雑事でも、カフカにとっては大きな障害となります。人間が簡単にまたいでいく水たまりでも、もぐらが溺(おぼ)れるには充分な場合があります。日常はさまざまな困難に満ちていて、日常を生きることはじつは大冒険なのです。

さて、ここまでは男友達への手紙ばかりでしたが、次からいよいよ女性への手紙も混じり始めます。

2

仕事をすると、死にたくなる

モラトリアムカフカ

ぼくの道はじつによくない。

ぼくはきっと——そのくらいの見通しはぼくにもつく——

犬のように死ぬんだ。


1907年5月（23歳）マックス・ブロートへの手紙

大学を出たカフカは、いよいよ就職しなければならなくなります。

カフカの家は裕福でしたが、カフカが高等遊民をしていられるほどではありません。

また、カフカの父親は、息子が自分以上に出世してくれることを（それも作家になるというようなうわついた話ではなく、もっと確かな社会的地位と収入のある職業に就いてくれることを）願っていたので、そんなことを許すはずもありません。

カフカ自身も、家を出たいと思っていましたし、さらにプラハも出たいと願っていました。そのチャンスでもあったわけです。

しかし、仕事をするというのは、なんとも気の進まないことでした。

成功してやるぞとか、お金を儲(もう)けてやるぞとか、そういう人たちにとっては、これからがスタートという意気込みも持てるでしょう。

しかし、カフカはいわゆる社会的成功やお金には興味がありませんでした。

また、世間にすんなりとけ込めるタイプでもありません。

それでも、好きな仕事なら、もちろん話はちがったでしょう。しかし、カフカは作家を仕事とする（それで生活費を得る）ことは無理だと、自分でもわかっていました。

ですから、彼にとっては、「仕事＝やりたくない」ということが最初から確定していました。生活のために仕方なくやるのであり、彼は「**パンのための仕事**」と呼んでいました。

やりたくない仕事を懸命に探すというのは、これはどうしたって気が進まないでしょう。

しかし、就職しないわけにもいきません。

この局面で、カフカがどうしたかというと、1年、先延ばしにしました。

司法修習生として1年間の実習を受けることにしたのです。法学部を出て国の役人になろうとする人は、みんなこの実習を受けました。カフカも法学部卒です。ただし、カフカは国の役人になるつもりはありませんでしたし、ユダヤ人にはそもそも難しいことでした。

ですから、実習を受けても意味がないのですが、これで1年間は猶予期間ができます。しかし、それはかえって、就職の不安を1年間、引き延ばすことにもなってしまいました。歯医者に行くのを先延ばしにしたせいで、ずっと歯が痛いようなものです。

実習は１９０６年10月〜１９０７年９月（23歳〜24歳）の間で、その最中に書かれたのがこの手紙です。

なお、カフカは後年、「まるで犬だ！」と嘆きながら死んでいく男の小説を書いていきます（『訴訟』という長編小説です。タイトルは『審判』と訳されることも多いです。本書では以後、『訴訟』と表記します）。

女性への最初の手紙

きみがぼくを少しでも好きでいてくれるとしたら、
それは憐(あわ)れみだ。
ぼくにあるのは不安だ。

１９０７年８月29日（24歳）ヘートヴィヒ・ヴァイラーへの手紙

カフカの女性への手紙で、現存している最初のものです。

これはいろいろな意味にとれます。「きみがぼくを好きなのは憐れみのためで、ぼくがきみを好きなのは不安のためだ」という意味なのか、「きみはぼくを憐れんでくれるけど、ぼくは自分に不安しか感じられない」という意味なのか、「きみには憐れみの感情もあるけれど、ぼくには不安の感情しかない」という意味なのか、さらに別の意味なのか。

いずれにしても、カフカが不安の人であることはよくわかります。

1907年の夏休み（司法修習生としての1年間の実習の最後の頃）、カフカは自然の豊かなトリーシュというところに遊びに行きます。そこには、村医者をしている独身で変人の伯父がいました。カフカは親戚の中でも、この人にだけは親しみを感じていました。

そして、泳いだり、日光浴したり、散歩したり、自然とふれあったりという、いつもの彼らしいことをします。

さらに、オートバイに乗ったり、ビリヤードをしたり、ビールをたくさん飲んだりという、いつもの彼らしくないこともたくさんします。

普通の人だったら普通の遊び方ですが、カフカの場合はグレていると言ってもいいでしょう。就職のストレスをいかに感じていたかが察せられます。

就職活動はまるでうまくいっていませんでした。

カフカは働きたがりませんでしたが、企業のほうでもカフカを雇いたがりませんでした。大学での成績もよくありませんでした。そもそも好きで法律を勉強していたわけではないのです。医者や弁護士をよしとする父親のすすめだったのです。

そんな夏のトリーシュで出会ったのが、ヘートヴィヒ・ヴァイラーという女性です。ウィーンの大学生で、トリーシュに親戚がいて、夏にはよく遊びに来ていたのです。小柄で、なにかとすぐに頬を赤くして、かわいい鼻に鼻眼鏡をかけるしぐさが素敵だとカフカは思っていました。

そして、プラハに戻ってから出したのが、この手紙です。

手紙の出だしは、こうです。

「**いとしい人、ぼくは疲れている。もしかすると少し病気なのかもしれない**」

夏に素敵な場所で出会った男性から届いた手紙を開けてみたら、出だしがこれ……。さぞ意表をつかれたのではないでしょうか。

そして、手紙のほとんど最後のところが、先に引用した箇所です。

それでも彼女との手紙のやりとりは約2年間続きます。そして、その後も彼女は手紙を捨てませんでした。

さて、就活で追い詰められたカフカは、ついにコネに頼ることにします。

スペイン鉄道の総裁をしている「マドリードの伯父」を頼ります。もしかすると、スペインで働けるのではないか。その場合はブロートにもポストを用意してもらって、南の国でふたりで楽しく……などという甘い夢も思い描いていました。

ところが、叩き上げの伯父は、甥にも甘くはなく、民間の保険会社「一般保険会社」のプラハ支店という、ごく堅実な就職先をカフカに世話します。しかも、臨時雇いでした。

それでも、困り果てていたカフカは、大いに喜んだようです。

「**なにしろ絶望していたところだったから、ぼくはものすごく感激して、狂ったように感謝したんだ**」と、後にブロートへの手紙で書いています。

10月から、カフカは働き始めます。ついに社会人としての第一歩を踏み出したのです。

そして数日。ヘートヴィヒ・ヴァイラーに送った手紙に、働き出した自分のことをどう書いているかというと……。

われながら落ちぶれたものだ

われながら落ちぶれたものだという気がした。
25歳までに、せめてたまには、ごろごろ怠(なま)けたことのない人間は、じつに哀(あわ)れだ。
というのも、儲(もう)けたお金は墓まで持っていけないけれど、
ごろごろ怠けた時間は持っていけると、ぼくは信じているんだ。

1907年10月9日以降（24歳）ヘートヴィヒ・ヴァイラーへの手紙

働くと落ちぶれた気がするというのは、ニートの鑑(かがみ)のような言葉です。

お金よりも「**ごろごろ**」を重視しています。しかも、それを女性への手紙に書く……。

今でもなかなか理解してもらえないと思いますが、当時はなおさらであったでしょう。

就職が決まらないのもつらいですが、決まってみれば、やはりそれは哀(かな)しいことでした。

しかも、この「一般保険会社」での勤めは、カフカには苛酷なものでした。

週6日、1日10時間の勤務時間、さらに残業と日曜出勤。残業と日曜出勤は無報酬です。

社員は怒鳴りつけられ、反抗は許されず、軍隊式でした。

カフカでなくても、これはキツイでしょう。ましてカフカのことですから、とても耐えられません。数週間で音を上げます。

なお、入社のときに健康診断がありました。痩せているが健康という診断でした。

身長１８２センチで、体重61キロ。ＢＭＩ（肥満度）の計算をすると「低体重」の判定になります。危険なほど痩せすぎで、標準体重になるにはあと12キロ近く太らないといけません。健康で若い24歳のときでも、このように痩せていました。

この健康診断の書類には「少年に見える」とも書いてあります。大人になろうとしないカフカは、外見もずっと子供っぽいままでした。当人はそれを気にしていたのですが。

働いて1カ月で自殺の話

嫌な一週間だったよ。

事務所では仕事が山のようにあるし、当分はずっとこんな調子かもしれない。

それどころか、自分の葬式代まで自分で稼ぐことになりそうだ。

ようするに、けもののように追いまわされて、
こっちはけものじゃないんだから、どんなに疲れたことか。
先週のぼくは、ぼくの住んでいる通りに本当にふさわしかったよ。
ぼくはこの通りを「自殺者のための助走路」と呼んでいるんだけど、
それはこの広い通りが大河まで通じているからなんだ。

1907年10月下旬（24歳）ヘートヴィヒ・ヴァイラーへの手紙

10月の初めから働き始め、10月下旬にはもう自殺の話が出てきます。

この手紙は、これまでは翌年のものと思われていましたが、じつは働き出した月の月末のものでした。

もちろん、本気で自殺するつもりではなく、自殺を考えることで、自分をなぐさめているのです。「**すでに子供の頃からそうだったかもしれないが、いちばん身近な逃げ道は、自殺ではなく、自殺を考えることだった**」とカフカは後年、書いています。

この通りは「ニクラス通り」といって、街の広場からモルダウ川につながる真っ直ぐな広い通りです。まさに充分な助走ができそうな。しかも、川にかかる橋が当時はまだ建造中で橋脚しかありませんでした。つまり、道を走っていけば、その先は川というわけです。

この手紙の約4カ月前の6月20日に、カフカ家はこのニクラス通り36番地に引っ越してきたばかりでした。プラハで初めてエレベーターのついた新築のモダンな建物で、新居はその最上階の5階でした。窓からは公園とモルダウ川を見渡せました。

それまで住んでいたところより、ずっと高級な家でした。この引っ越しは、カフカの父の仕事がうまくいっていて、さらに社会的地位が上がったことを意味していました。

家族にとっては喜ばしいことでしたが、その4カ月後には、息子のカフカはその通りを「**自殺者のための助走路**」と名づけるのでした。

父が社会的成功の階段をまた一段上がったことは、息子のカフカにとっては圧迫であったかもしれません。とくにこのときのカフカにとっては。

なお、約5年後、橋はもう完成していましたが、カフカはこの家で『判決』という小説を書きます。その中で主人公は、父親から溺死を命じられて、橋から身を投げるのでした。

心を閉ざす

**ぼくはとても調子がよくないので、
一週間か、あるいはもっと長くかかるかもしれないが、
誰とも話さないようにしないと、やっていけそうもない。
ぼくのことを思ってくれるなら、このハガキにもいっさい返事をしないでくれないか。**

1907年12月21日（24歳）マックス・ブロートへのハガキ

精神状態がよくないとき、誰かと話したい人もいるでしょうし、誰とも話したくない人もいるでしょう。

カフカが会話をしたがらないのはともかく、手紙まで断るというのは、そうとうです。手紙だけは大好きな人ですから。

当時、カフカの交際範囲は急に広がっていました。

社会に出れば、これまでとはまたちがった人たちと交際しなければならなくなります。

大学時代の終わり頃、ギムナジウム時代の級友のプシーブラムと口述試験で同じ組になり、難しい試験で苦しむというストレスを共有したためか、また彼と親しくなります。

そのプシーブラムは上流階級の一員で、彼がカフカを社交界に紹介します。

また、ブロートはつきあいが広く、カフカをいろんな人に紹介します。有力な知人を得ることができるようにという配慮です。

カフカもいちおう頑張ろうと思ったのでしょう。『社交の手ほどき』という、およそカフカらしくない本を買っています。しかし、そういう涙ぐましい努力にもかかわらず、やはり社交的にはなれませんでした。「社交の付き合いや集会でたいていカフカは傍観者であるに留まった」(『若き日のカフカ』)

ところが、このプシーブラムとのつきあいが、カフカの救いとなります。

プシーブラムの父親が半官半民の「労働者災害保険局」の理事長をしていたのです。

そのおかげで、彼はその「労働者災害保険局」に転職することができました。

最初の就職は伯父さんのコネで、今度の転職は友達のコネで、コネに頼りっぱなしですが、わらにもすがる思いだったのでしょう。

転職したのは、1908年7月30日。

前の「一般保険会社」では10カ月間、耐えたことになります。

新しい勤め先の「労働者災害保険局」は、なんと「半日出勤」でした。

午後2時にはもう帰っていいのです。日本人にとってはまるで夢のようです。

これでカフカも大いに満足したかと言うと……。

なんて忙しさなんだ！

ブロートは書いています。「私たち二人が熱烈に求めていたのは、『半日出勤』の職場、

——つまり、朝から午後二時あるいは三時までで（今でこそ私はこの「あるいは」という言葉をひどく気軽に書き加えているが、当時の私たちの意見によるとこの一時間に魂の救いのすべてがかかっていたのだ）午後は自由という勤めである」

つまり、カフカは熱烈に求めていた職場に就職できたわけです。それも、午後3時までではなく、午後2時までですから、魂も救われています。

職種は今度も保険ですが、これもとくに問題はなかったはずです。

というのも、「いよいよパンのための職業をみつけなければならなくなったとき、カフカはこう仮定した。仕事は文学とは全く無縁のものでなければならない、なまじ文学と縁のある職業は、詩的な創造をはずかしめるものである、パンのための職業と文学とは厳密に区別されなければならない、と」

好きなことでは食べていけないとき、好きなことになるべく近い仕事を探すべきか、ぜんぜんちがう仕事を選ぶべきか、多くの人が直面する問題です。

カフカの答えは後者だったわけです。カフカらしい純粋さです。

たとえば、前衛的な音楽をやりたい人が、バーなどでイージーリスニング的な演奏をバイトでやっていれば、どうしたって演奏に悪影響が出ます。

ただ、ブロートは、この判断は間違いだったと言っています。ブロートもカフカにならって、一時、芸術に関係ない職に就いたのですが、苦しみぬいたそうです。演劇と音楽の批評を仕事にするようになって、このほうがずっといいと感じたようです。

カフカの場合も、文学に近い仕事にしたほうがよかったのでしょうか？　それはわかりません。ただ、原稿に向かってペンを持って、書きたくもない「売れる文章」を書くカフカは、とても想像ができません。

いずれにしても、ついにカフカは、午後2時までの「半日出勤」で、文学と縁のない仕事という、当初の希望通りの職に就くことができたのです。

しかしそれは、「生活のために仕事をするしかない」という状況の中での、せめてもの希望であって、希望通りになればそれで幸せというわけにもいきません。

「パンのための仕事」は本当はしたくないのですから。


では、仕事の手を抜いて、いい加減に働いたかというと、そうではありません。

カフカは「労働災害予防手段開発部門」に配属されます。労働者がケガをしないようにあれこれ工夫するのが仕事です。これでは手が抜けません。

細かいことにまで神経をとがらせ、弱者にやさしいカフカには、ある意味、とても向いている仕事です。実際、指や腕が切り落とされる事故の多い製材機械の問題点を見つけて、その後の事故を未然に防いでいます。


安全対策が充分でなかったために障害者となった労働者たちについて、ブロートはカフカのこんな言葉を伝えています。

「なんと慎（つつま）しい人たちなんだろう。彼らはわれわれのところに頼みに来るんだよ。保険局に襲撃をかけて何もかもこっぱみじんにぶちこわす代りに、彼らは頼みに来るんだよ」

これは後のことですが、建築現場で左足を砕かれた老齢の労働者が、法律上の不備のせいで、カフカの勤めている「労働者災害保険局」から年金をもらえそうにありませんでした。そのとき、名のある弁護士が乗り出してきて、お金をもらえるようにしてあげました。しかも、その障害者の老人から、まったく報酬をもらわずに。

この弁護士に依頼し、支払いをしていたのが、じつはカフカだったというのです。

というわけで、午後2時までとはいえ、仕事で疲れないわけにはいきませんでした。

そのため、小説を書くこととの両立は難しく、カフカは苦しみます。

それでも、病気になって辞めるまで、カフカはこの「労働者災害保険局」に勤め続けます。生前のカフカは、自分としては小説家でありたかったのですが、実際にはずっとサラリーマンだったのです。

ブロートへのあふれる愛情

マックス、君への愛情は、ぼくよりも大きくなって、
愛情がぼくのなかにあるというよりも、
ぼくのほうがそのなかに住んでいるよ。

この愛情は、すでにずっと以前から、
君が知っている以上に何度も、ぼくを救ってくれた。

1910年5月27日（26歳）マックス・ブロートへの手紙

ブロートの誕生日は5月27日。その日の手紙です。あふれる愛情に驚かされます。
「われわれは毎日おち合った。日に二度会うこともすくなくなかった」（ブロート）
社交的なブロートは、カフカをあちこち連れ回し、さまざまな人を紹介したので、カフカは困っていたところもあったでしょう。

また、ブロートがカフカの原稿をやたら読みたがったり、書くように勧めたり、雑誌などに発表させたがることについて、「私がいちいち焚（た）きつけるのが彼にはうるさく感じられたこともしばしば」とブロート自身も認めています。

しかし、ブロートの紹介のおかげで、哲学者のフェリクス・ヴェルチュ、盲目の作家オスカー・バウムという生涯の友人をカフカは得ます。

また、ブロートは明るく社交的ですが、悲しみを知らない人ではありません。

4歳の頃の病気のせいで、身長が低く、背中も曲がっていました。ブロートはそういう障害がありながら、それでも明るく社交的だったのです。そして、やさしい人でした。

そんなブロートをカフカは尊敬していたのかもしれません。

カフカは182センチの長身なので、ふたりが歩いていると、まるで凸凹コンビだったようです。当時のブロートの知り合いの女性が書いています。「ある日わたしは、彼がマックス・ブロートといっしょに歩いているのを、遠くから見かけた。奇妙なペアだった。マックス・ブロートは小さく、発育不全なところがあり、わたしはじつはそれがカフカとは知らなかったのだが、同伴者のほうは大きく、すらりとしていて、若枝のようにしなやかで、マックス・ブロートよりもずっと若く思われた」（『回想のなかのカフカ』）

1908年、雑誌『ヒュペーリオン』の1・2月号に、カフカの小品8編が『観察』というタイトルで掲載されました。カフカ、24歳。小説が活字になったのはこれが最初です。

これもブロートの尽力でした。雑誌の主宰者と親しかったのです。

この掲載に先だって、ブロートは友人の批評家ヴィリー・ハースと新進作家フランツ・ヴェルフェルを呼んで、『観察』の中の小品を3つほど朗読しています。

カフカの作品のよさをわかってもらって、雑誌に掲載される作品に関して、いい書評でも書いてもらおうとしたのかもしれません。

しかし……。「ブロートは、カフカのスケッチふう小品をひとつ、またひとつ、さらに三番目を朗読した。ヴェルフェルとわたしは、いぶかしげに顔を見合わせた。それからヴェルフェルが憤慨して言った――『これがボーデンバッハを越えることは断じてありえない!』ボーデンバッハはボヘミアと帝国ドイツの国境駅だった。苦々しげに、怒りを口に出さず、ブロートは草稿を包んだ」と『回想のなかのカフカ』にヴィリー・ハースが書いています（なお、後年、フランツ・ヴェルフェルはカフカの作品を評価するようになりますし、ヴィリー・ハースはカフカの『ミレナへの手紙』の編者となります）。

1909年、同じ『ヒュペーリオン』の3・4月号に、カフカの『ある戦いの記録』から2編が掲載されます（25歳）。

「以上はいずれも、私が非常な精力を費して公刊にまで持っていったものだが、だれ一人これらの作品に注目する人はいなかった」とブロートは書いています。

当時、ブロート以外に、カフカを高く評価する人を見つけるのは難しかったようです。

社会人になり、作家としてダメになりそうに……

しかもこの頃、カフカは小説が書けなくなっていました。

「何一つ書き上げることができず、これは才能が枯渇してしまったのだ、もうおしまいだ、とよく私にこぼしていたのだ」とブロートが書いています。

就活が大変でしたし、最初の就職では苦しみ、ようやく転職しても、仕事と書くことの両立は難しく、無理もないことでした。

社会人としては、なんとかこの先、やっていく見通しがついたわけですが、その代わりに、作家としてダメになりそうになっていたのです。

ちょうど夏期休暇になり、1909年9月4日から、カフカとブロートはいっしょに旅行に行きます。その旅先でたまたま、飛行機の公開飛行があることを知り、ブレッシャという町に寄り道して見物します。まだ飛行機が珍しい頃で（ライト兄弟が初飛行に成功したのは1903年12月17日）、ふたりとも飛行機を見るのは初めてでした。

「飛行は深い印象を与えた。私はフランツに、見たものをすぐに書きとめ、ひとつの文章にまとめるように要求した。私はひとつ二人で書きくらべをやろうと思いつき、カフカの気をひくように仕向けた。ぼくも書くつもりだから、どちらがうまい表現ができるかひとつ試してみよう、と言ったのだ。こんな調子で遊び半分のほとんど子供っぽいとも言える目標設定をすると、たいていの場合これがうまくカフカに利くのだった」

こうしてブロートは巧みにカフカの気をひいて、「ブレッシャの飛行機」という原稿を書かせることに成功します。

そして、これをすぐ（9月29日）に『ボヘミア新聞』に掲載してもらいます。

「私にとってはもちろんこの記事そのものが究極の目的だったわけではない、その記事がフランツの創作意欲を新たにかきたてる刺激になってくれればよかったのだ」

この目的も、その後、見事に達せられます。

というのも、翌年の1910年の5月からですが、カフカは「日記」を本格的につけ始めるようになるのです。カフカ自身も、書けない状態をなんとかしようと思ったのか、1909年の夏から日記をつけ始めていました。ところが、かなり三日坊主な状態でした。それが、こうしたブロートの働きかけの積み重ねのおかげか、1910年の5月からは書く量がぐんと増えます。「およそカフカの日記というものが成立したことについて、私は自分の功績だと思っている」とブロートも誇らしげに書いています。

その後のカフカの創作にとって、日記の存在はとても重要です。また、カフカの日記はそれ自体、おそろしく面白く魅力的です。これがあるなしは、大変な差であり、この功績はどんなに賞賛してもしたりないと思います。

カフカが書けなくなったのは、このときだけではありません。

「彼は何ヵ月もの間一種の眠り病に陥ってすっかり絶望していることがよくあった。私の日記を繰ってみると、こういったカフカの悲しみについて書きしるしてある箇所が無数にあるのだ」

そんなカフカをブロートが、あの手この手で、また書けるようにもっていったのです。

「この頑固な著者にはいつでも非常な抵抗を受けたものだ。私自身がカフカの上にふり上げた笞（むち）ともなり、彼を駆りたて、彼に迫ったこともしばしばである。もちろんそれは直接にではなく、そのたびごとに斬新な手段を講じ、抜け道を通じてである。とにかく私は二度と再び彼の才能をゆきづまらせたことがないのだ」

つまり、ブロートがいなかったら、カフカの作品は今よりずっと少なかったかもしれないのです。それどころか、ムーミンパパのように、書かない作家になっていたかもしれません。実際、ある時点からまったく作品を書けなくなってしまった作家は少なくなく、そういう作家たちを「バートルビー症候群」と呼んでいる、『バートルビーと仲間たち』（エンリーケ・ビラ＝マタス　木村榮一訳　新潮社）という本も出ているくらいです。カフカもあやうく仲間になってしまうところでした。

カフカの日記の最初のほうに、書いた日付が初めてはっきり出てきます。「**今日は5月29日だ**」と。つまり、先のブロートの誕生日の手紙の翌々日です。

「**なんて多くの日々が、またしても沈黙のうちに過ぎ去ってしまったことだろう**」と、それまでの書けずにいた日々を嘆いています。

そして、創作ノートもかねたこの日記を、カフカはこれからずっと書き続けていきます。

そのことを知ってから、先のブロート誕生日の手紙を読むと、またちがって読めてくるのではないでしょうか。

3

永遠の葛藤——したいけど、したくない

またひとつ歳を重ねたけれども

これまでは手紙のみ紹介してきましたが、これ以降は、いよいよ日記からの引用も登場します。日記には、手紙とはまたちがう面白さがありますし、同時期の日記と手紙を比較するのも興味深いものです。

眠っては目を覚まし、眠っては目を覚ます、あさましい生活。

1910年7月19日（27歳）日記

カフカは7月3日に27歳の誕生日を迎えますが、依然として、スランプからは抜け出せずにいたようです。

考えてみればみるほど、
ぼくが受けた教育は、
ぼくにとっては害毒であった。

非難されるべき人は多い。

1910年7月19日以降（27歳）日記

日記を開始したカフカが、まず最初に熱心に書いたのは、自分が受けた教育への批判でした。同じような文章を、三度もくり返し書いています。ほぼ共通しているのは、この書き出し部分。

学生時代を思い出すとき、同じような思いにとらわれる人も少なくないでしょう。

非難すべき人としてカフカは、自分の両親や、親戚や、教師や、作家や、他にもたくさんの人たちをあげています。

カフカの父親は貧しい境遇で、満足な教育を受けられませんでした。それでも頑張って一代で財を成しました。息子のカフカにはちゃんとした教育を受けさせ、大学まで出しました。しかし、カフカ当人としては、その教育に満足することはできませんでした。

カフカは学生時代、つねに落第におびえていました。実際には、大学までは成績はいいほうだったのですが、それでもいつか自分のダメさが明るみに出ると怖れていました。

同じギムナジウムのエーミール・ウーティッツはこう書いています。

「彼はかならずしも傑出した生徒ではなかった。しかしまた、けっして落第しそうにもなかった。ただ卒業資格試験の前だけはたいそう不安がっていた。ふだんはしかし学校での出来事からは、やや超然としていた。（中略）まるで興味を惹かれないけれども、それでもきちんと済まさねばならない要件とみなしている、そんなふうであった」（『回想のなかのカフカ』）

授業中のカフカの様子を、同級生のフーゴー・ヘヒトがこんなふうに書き残しています。
「五月のよく晴れた日のことで、暖かくて太陽が校庭に輝いており、窓は全部開かれていて、かすかな春風が吹き込んでいた」「一羽の雀が――カフカの坐っている机のそばの――窓のかまちに来て止まった。カフカが魅せられたようにこの無遠慮な雀の行動を目で追っていて、先生が呼び立てるのを全然聞いていなかった」「彼の名前がはげしくもう一度、繰り返し呼ばれてはじめて、彼は目を窓から離すことができた」（同書）
カフカは小さな生き物に魅せられるのです。

草食カフカ

ここの菜食レストランの食事ほどいいものはない。
店内は薄暗く、
ケールの目玉焼き添え（いちばん高い料理）を食べる。
大きなお店ではないけれど、ここで得られる満足ときたら。

ロールパンの代わりに、ライ麦全粒粉パンしかない。
ちょうど今、ラズベリーソースをかけたセモリナペーストが運ばれてきたが、
ぼくはまだレタスの生クリーム添えもねらっているし、
グーズベリーワインを合わせればおいしいだろう。
そして、最後を締めくくるのは、ストロベリーリーフティーだ。

1910年12月4日（27歳）マックス・ブロートへの絵ハガキ

カフカは菜食主義でした。

宗教的な理由ではなく、健康のためです。

ちなみに、ケールというのは、青汁の原料としてよく使われる、栄養豊富な葉野菜です。

何でもよく食べるたくましい父親に対する反発から、菜食で小食で細身であり続けたのかもしれません。サナトリウムなどに行って、家から（父親から）遠く離れると、わりと何でもよく食べています。

生き物に対するやさしさのためでもあったでしょう。ブロートがこんなエピソードを伝えています。

「カフカは私のガールフレンドとベルリンの水族館見物をしたことがある。そのとき彼は明るい水槽の中にいる魚にむかってこう言った。（彼女が後で感動のおももちで私に語ってくれたのだ。）『さあもうこれからは、お前たちを落着いて眺められるぞ。もうお前たちを食べはしないぞ。』ちょうどそのころカフカは厳格な菜食主義者になったばかりだった」

職場でのこんなエピソードも、ブロートの本に載っています。

「かってのカフカの同僚で、現在は要職についている一人の役人と話を交えた。（中略）カフカの特徴をよくあらわしている逸話が話に出た。『ちょうど私がバタパンを食べているときにあの人が部屋に入って来たことがありましてね。まあどうしてあなたは脂肪をそんなに呑み下せるのでしょう。一番いい食べ物はレモンですよ、って言っていました』」

言葉にすると肝心なものが失われる

このところ、ぼくは自分についてあまり書きとめていない。
多くのことを書かずにきた。
それは怠惰(たいだ)のせいでもある。

しかしまた、心配のためでもある。
自己認識を損(そこ)ないはしないかという心配だ。
この心配は当然のことだ。
というのも、書きとめることで、自己認識は固まってしまう。
それが最終的なかたちとなる。
そうなってもいいのは、書くことが、

すべての細部に至るまで最高の完全さで、
また完全な真実性をもって行われる場合に限られる。

それができなければ
——いずれにしてもぼくにはその能力はない——
書かれたものは、その自律性によって、
また、かたちとなったものの圧倒的な力によって、
ただのありふれた感情に取って代(か)わってしまう。
そのさい、本当の感情は消え失せ、
書かれたものが無価値だとわかっても、すでに手遅れなのだ。

1911年1月12日（27歳）日記

少し難しいですが、ここはとても大切なことを言っていると思います。

じつは最近、「言語隠蔽(げんごいんぺい)」という現象が明らかになってきています。

たとえば、こんな実験があります。

事件の犯人の顔を目撃した人に、犯人がどういう顔をしていたか、言葉で説明してもら

い、その後で、複数の顔写真の中から、犯人の顔を選んでもらいます。
するとと、言葉で説明しなかった場合に比べて、正しく犯人を選び出せる確率が格段に下がるのです。つまり、顔を言葉で説明したことによって、顔の記憶が不確かになってしまったわけです。

顔のすべてを言語化することはできません。「大きな目」とか「高い鼻」とか「薄い唇」などと、どんなに詳しく説明したところで、限界があります。

すると、言葉にできたところだけが鮮明に記憶に残って、言葉にできなかった要素は記憶から消えてしまったり、不正確になってしまったりするのです。

それが「言語隠蔽」という現象です。

言葉にしないほうが、全体的な印象がそのまま残るので、より正確なのです。

この現象は顔だけでなく、絵、色、音楽、におい、味などでも起きることがわかっています。つまり、言葉にしにくいものほど起きるわけです。

自分の心の中で感じたこともそうです。喜びにしろ、悲しみにしろ、怒りにしろ、感動にしろ、なかなか言葉にはできません。もし安易に「うれしい」とか「悲しい」とか言葉にしてしまうと、その言葉でとらえることができた感情だけが残って、その他の感情は、風が吹かれた煙のように消え失せて、もう自分でもよくは思い出せなくなってしまいます。

カフカが言っているのも、そういうことではないでしょうか。

つまり、カフカは、言葉にすることの危険性にちゃんと気づいています。

多くの作家は「言葉に絶望するところから、書くことが始まる」というようなことを言います。たとえばハロルド・ピンターは、自分が評価しない作家について「この種の作家は明らかに言葉を絶対的に信頼しています」というけなし方をしているほどです（『ハロルド・ピンター全集』新潮社）。

「言葉への絶望」の意味するところは、すべてを言葉で表すことはできないというだけでなく、言葉にしてしまうことによって、かえって不正確になってしまう、大切なものを失ってしまうということを言っているのではないでしょうか。

世の中のだいたいのものには、言葉にできる要素（言語要素）と、言葉にしにくい要素（非言語要素）があります。配分は、それぞれにちがいますが。つまり、世の中のだいたいのものについては、多かれ少なかれ、「言語隠蔽」が起きるわけです。

たとえば、紫色の正方形のハンカチがあったとして、「正方形のハンカチ」ということは完全に言語化できますが、その紫色がどのような微妙な色合いであるか、その手ざわりがどのようであるかなどは、完全には言語で表現することができません。

「語りえぬものについては、沈黙しなければならない」とウィトゲンシュタインは言いました。

しかし、それでも、なんとか言語を用いて、言語にできないものを表現できないか。それを追い求めるのが、小説を書くということなのでしょう。

「言葉に対する不信と絶望を前提にしなければ、作品に自己の全存在を賭けるなどという無謀な決意も、生まれてくるわけがないのである」安部公房（『安部公房全集20』新潮社）

カフカもまた、そうした作家のひとりであることが、この日記の言葉からもうかがわれます。

なお、「言語隠蔽」は、作家にとってだけ重大なわけではありません。

私たちの日常にも大きくかかわっています。

たとえば、恋人のどこが好きなのかを言葉で説明すると、説明しなかったカップルに比べて、半年後に別れている率がとても高かったという、驚くべき実験結果もあります。

愛情というのは、言葉にできない微妙なニュアンスをたくさん含んでいるのに、それを言葉にしてしまったために、言葉にできたところだけが残って、その他が消えてしまったのでしょう。「わたしのどこが好き?」などと聞くのは、とても危険なことがわかります。

あるワインを飲んで、5分後に4種類のワインの中から同じワインを選ぶという実験でも、最初のワインがどんな味だったか、言葉で説明してしまうと、正解するのはとても難しくなるそうです。

また、ゴルファーに、自分のショットについて言葉で説明してもらうと、その後の成績が、がた落ちになるそうです。身体の動きというのも、言葉ですべて説明することはできませんから、言葉にするのは危険なのでしょう。


逆の例ですが、これは私自身が目にしたことです。

いろんな人が自分の好きな本を紹介するという会に出席したのですが、紹介者のうちの何人かが、自分の人生を大きく変えたほどの影響を受けた大好きな本について、ほとんど言葉で説明することができませんでした。ご自身でもなぜだろうと戸惑っておられました。

これには私はとても感動してしまいました。

大好きであり、理解が深いからこそ、言葉にできないのだと思います。

絵画を見たり、本を読んだりしたとき、私たちはそれをすぐに言葉にしようとしてしまいがちです。絵画を前にして、何も言えない人より、その絵のよさや自分の感動について言葉で説明できる人のほうが理解が深いように思ってしまいがちです。

しかし、本当は、「言葉にはできない感動」こそが、芸術のいちばん肝心なところです。ただ「好き」というだけで、もやもやしていて、言葉では説明できない。

恋愛でも文学でも、そういう状態がとても大切です。

はっきりつかもうとしないことで、かえってちゃんとつかめているのです。

小説家は、言葉を使って言葉にならないものを表現しようとし、読者は言葉を読むことによって言葉にならないものを受けとめる。それが小説というものなのかもしれません。

結婚して子供でもできれば、夢なんて忘れる

母はぼくのことを、こう思っている。

健康な若者なのに、自分では病人だと思い込んで、ほんの少し苦しんでいるのだと。
母によれば、この思い込みは、時がたつにつれて、ひとりでに消えていくだろう。
結婚はもちろんのこと、子供ができれば、
そんな思い込みはあとかたもなくぬぐい去られるだろう。
そのときには、文学に対する関心もおそらく、教養人に必要な程度に薄れるだろう。
仕事や、工場や、ぼくの手に入ってくるものへの関心は、
当然のことながら、とめどもなく大きくなっていくだろう。
だから、ぼくが将来にたえず絶望していなければならない理由など、
まるで見あたらないというわけだ。

1911年12月19日（28歳）日記

母親だけでなく、父親も同じように考えていました。

息子は作家になりたいとか言っているが、それは若い頃にありがちなアレで、好きな女でもできれば、そんな熱はすぐに冷めて、子供でもできれば、ちゃんとした大人になると。

本気で何かを目指している人間にとっては、そんなふうにたかをくくられるのは、腹立たしいことでしょう。でも、悲しいかな、実際、結婚して子供ができると、生活に追われ、収入や収入を得るための地位の確保に熱心にならないわけにはいかず、本気だった夢が、いつしか懐かしい過去の夢でしかなくなってしまうことが少なくないのも事実です。

「工場」というのは、カフカの父親が11月に創立したばかりのアスベスト工場のことで、カフカの妹エリの夫であるカール・ヘルマンが会社の代表となり、カフカも手伝うことになっていました。せっかく午後2時までの仕事を得たのに、その他に工場の仕事まで入れられてしまったわけです。当然、カフカは熱心ではなく、父親に怠慢を責められることに。

そのため、カフカは何度も自殺を考えています。

就職して自殺を考え、工場ができてまた自殺を考え、生きるための仕事をさせられるたびに、かえって絶望して、命のロウソクが消えそうになるカフカでした。

カフカのブロートへの愛と、ブロートのカフカへの献身

昨日はマックスと、とても楽しい晩を過ごす。
ぼくは自分を愛しているとしても、
彼をもっと強く愛している。

1912年5月22日（28歳）日記

ブロートの誕生日（5月27日）の少し前です。

1912年の6月にも、またふたりで旅行をします。ドイツのワイマールにある「ゲーテの家」を訪れるのが目的でした。カフカはゲーテの熱心な愛読者でした。とくに自伝や日記や手紙や旅行記の。

しかし、ブロートにはじつは別の目的もありました。

「われわれは途中ライプチヒに立ち寄ったのだが、ここで私は当時共同でローヴォルト出版社をやっていたエルンスト・ローヴォルトとクルト・ヴォルフのところに、フランツを連れていった。というのも、カフカの作品が本になるのを見たいという熱烈な願望が、とうから私の胸の中に燃えていたためだ」

出版社に紹介されたカフカがどんなふうだったかと言うと、その様子を出版社のクルト・ヴォルフが書いています。

「彼はこうした紹介を軽い身ごなしや冗談で乗り切ることはできなかったであろう。いやはや、彼の苦しみときたら。無口に、ぎごちなく、繊細に、傷つきやすく、試験官たちを前にした高校生のようにおずおずと」していたそうです（『回想のなかのカフカ』）。

そして、「別れぎわに、カフカの言ったひとことは、それ以前にも以後にも、また彼以外のどんな著者からも聞いたことのない」ものでした。それが次の言葉です。

本を出したい×本を出したくない

出版していただくよりも、
原稿を送り返していただくほうが、
あなたにずっと感謝することになります。

1912年6月29日（28歳）出版社のクルト・ヴォルフへの言葉

たしかに、出版社に来て、こんなことを言う著者はまずいないでしょう。

カフカは実際のところ、本を出したかったのか、出したくなかったのか？

ブロートによると、「この私の願望に対するカフカの態度はずいぶん矛盾したものだった。本にしたいと望んだかと思えば、またそれを嫌がる、といった調子だった。往々にして拒否したい気持の方が勝ちを占めた」

この頃のカフカの日記や手紙を見ると、激しい葛藤の様子がうかがえます。カフカが本を出したくないと思っていたのは本心からです。しかし、本を出したいという気持ちも持っていました。どちらも本心であり、どちらも選ぶことができないのでした。

やるかやらないか、AかBかと迷うことは誰にでもあります。しかし、たいていの場合は、迷ったすえに、どちらかに決心するでしょう。思い切るでしょう。

しかし、カフカはどこまでも悩み続けます。

決断できないダメな人と言うこともできるでしょうが、ここまで決断しないのは、またなかなかできることではありません。

この「したいけど、したくない。したくないけど、したい」という永遠の葛藤は、カフカの重要な特徴であり、その後の人生でもくり返し登場してきます。

「もしマックス・ブロートの根気強い不屈の強要がなければ、原稿はけっして編集され、けっして送られることはなかったであろう」とクルト・ヴォルフも書いています。

そしてついにカフカが原稿を持ってブロートの家に行ったとき、そこに運命の出会いが待っていました。カフカは運命の女性、フェリーツェと出会うのです！

4

カフカがカフカになった日

運命の女性との運命的な出会い！

フェリーツェ・バウアー。
8月13日にブロートのところに行くと、
彼女は食卓についていたが、
それでもぼくには女中のように見えた。
彼女が何者なのか、まったく興味を持てず、まあいいかとすぐに思った。
骨張ってうつろな顔は、見るからに間延びがしている。
むきだしの首。ゆったりとしたブラウス。
まったく所帯じみたかっこうに見えた。
ところが、あとからわかったように、彼女はぜんぜんそうではなかった。

ほとんどつぶれた鼻。
ブロンドの少しごわごわした魅力のない髪。
がっしりしたあご。

ぼくは腰を下ろしながら、初めてまじまじと彼女を見た。
座ったときには、もう確固(かっこ)たる判決を下(くだ)していた。

1912年8月20日（29歳）日記

「一九一二年はカフカの生涯における決定的な年だった。二つの重要な出来事が、八月十三日という一日に起っている」とブロートは書いています。

ひとつは、この日に2人で相談して作品の配列を決めて、ついにカフカの最初の本の原稿が完成したということです。

カフカは自分の作品を、これもダメ、あれもダメと却下していき、ついに何も残らないということになりそうでしたが、ブロートとのすったもんだのあげく、なんとか、とても短いスケッチのような小品が18編だけ残りました。「カフカが出版の価値ありとして選び出した作品の量は、まるで嘘(うそ)のようにわずかなものだった」とブロートも驚いています。

しかしまあ、ともかくこれは大いなる前進でした。

もうひとつは、運命の女性、フェリーツェとの出会いです。

フェリーツェはブロートの遠縁にあたる女性です（血のつながりはありません。ブロートの妹のゾフィーが、フェリーツェの従兄のフリードマンと結婚）。

ベルリンに住んでいて、カフカより5つ年下の24歳。

この日記にあるように、カフカの彼女に対する第一印象は、ひどいとしか思えません。

顔も、服装も、髪も、けなしていないところはないという感じです。

「**もう確固（かっこ）たる判決を下（くだ）していた**」とは、いったいどんな判決を下したのか？

じつに意外なことに、カフカは彼女に、ひと目惚（ぼ）れしたのです！


どこが気に入ったのかと言えば、おそらくは、彼女のたくましさでしょう。

外見的なたくましさだけでなく、彼女は当時はまだ珍しいキャリアウーマンでした。高校を出た後、家計を支えるために、速記タイピストとして就職。翌年には大きな会社に転職し、驚いたことに、3年後には重役にまで出世しています。今でもすごいことだと思いますが、当時の若い女性としては並外れていたようです。

そうした、「社会の中でちゃんと生きていけるたくましさ」というのは、カフカにはまったく欠けているものです。

「彼女の有能さと健康、それから彼の不決断と弱さ」「彼は彼女のたくましさにしがみ付きたいのである」とカネッティは書いています。

ここから、５００通以上の膨大な手紙を送り、２度の婚約と２度の婚約解消という、およそ5年間にわたる恋愛の大格闘が始まります。

ウソだらけの最初のラブレター

出会った日に「**もう確固たる判決を下していた**」のに、カフカが初めてフェリーツェに手紙を出したのは9月20日で、出会ってから1カ月以上もたってからでした。

なにしろ、何ごとも実行するには時間のかかる人ですから、まず手紙を書くべきかどうかで何週間も迷い、書くと決めた後も、その内容でまた迷い、さらに推敲（すいこう）し、最後には投函するかどうかでもうひと逡巡（しゅんじゅん）しました。

しかし、通常なら、迷い出したら迷ったままで決断しないカフカが、手紙を出したのですから、これはよほどのことです。

谷口茂は「フランツは、このときすでに結婚を心づもりしていたのではなかろうか」とまで書いています（『フランツ・カフカの生涯』潮出版社［以後は「谷口茂」と略します］）。

それほどに、カフカの気持ちは、高まっていました。

最初の手紙は、「**もうぼくのことはすっかりお忘れかもしれませんが**」と、自己紹介から始まります。ブロートの家で出会って、来年のパレスチナ旅行の約束をした者です、と。

その打ち合わせのために手紙のやりとりをしましょうということなのですが、もちろん旅行は口実です。本当に行く気はありません。

いっしょに旅行に行くとなれば、同伴者として楽しい相手かどうかなど、いろいろ心配もあるだろうけど、文通なら、そういう心配もいらないのだから、「**あなたはぼくを試してみていただけるでしょう**」というのが手紙の結びです。

いっしょに旅行に行く話をしておいて、それよりは簡単ですよと文通を申し込む。今では「ドア・イン・ザ・フェイス」と呼ばれる説得のテクニックです。最初に難易度の高いお願いをしておいて、そのあとで難易度の低いお願いをすると、あとのほうはきいてもらいやすいのです。

そして、この手紙の中でカフカは、「**ぼくはまめに手紙を書ける人間ではありません**」と書いています。さらに、「**そのかわりぼくは、手紙がきちんとやってくることも、決して期待し**

ません」とも書いています。

後にわかることですが、これはもうまったくの大ウソです。やたらめったら手紙を書きますし、返事が来ないと大騒ぎします。

自分は面倒な人間ではない、とも書いています。これも、自分ではどう思っていたかわかりませんが、間違いなくカフカは、おそろしく面倒な人です。

ともかく、説得のテクニックも駆使し、いろいろウソもついて、なんとか手紙のやりとりをしてもらえるよう、頑張って書かれている手紙です。

真情のこもったウソ手紙と言えるでしょう。

作家が誕生した瞬間の感動的な記録！

この『判決』という物語を、
ぼくは22日から23日にかけての夜、
晩の10時から朝の6時にかけて、一気に書いた。
座りっぱなしでこわばってしまった足は、

机の下から引き出すこともできないほどだった。

物語がぼくの前でどのように展開していくのかという、その恐るべき苦労と喜び。
まるで水のなかを前進していくような感じだった。
この夜のうちに何度もぼくは背中に全身の重みを感じた。

どんなことだって思い切ってやれるのだ。
あらゆる着想のために、どんなに奇抜な着想のためにも、ひとつの大きな火が用意されていて、
その火のなかで、それらは消滅し、再生するのだ。

窓の外が青くなった。
1台の馬車が通った。２人の男が橋を渡った。
2時に時計を見たのが最後だった。
朝いちばんに女中が部屋の外を通って行ったとき、

ぼくは最後の文を書き終えた。

電灯を消すと、もう日中の明るさだった。

軽い心臓の痛み。疲れは真夜中に過ぎ去っていた。


妹たちの部屋へおそるおそる入っていく。朗読。

その前に、女中に向かって背伸びをして言う、

「ぼくは今まで書いていたんだ」

人が寝なかったベッドの様子、まるでいま運び込まれたとでもいうような。

自分は小説を書くときに、
恥ずかしいほど低レベルな執筆態度をとっているという、
ぼくのこれまでの確信が、ここに確証された。
ただこのようにしてのみ、
肉体と精神が完全に解放された、
ただこのような状態でのみ、
ぼくは書くことができるのだ。

フェリーツェについに手紙を出したことで、カフカの気持ちはいっそう高まります。その2日後の22日の夜から23日の朝にかけて、カフカは一気に、『判決』という短編小説を書き上げます。判決という言葉は、「**もう確固たる判決を下していた**」と先の日記にも出てきましたが、原語は同じUrteil（ウアタイル）です。

『判決』は、日記に使っていたノートに書かれました。創作のための日記という役割が、ついに実を結んだのです。


カフカの日記や手紙は、たいてい絶望に満ちています。ときには、ある程度、明るいことも言わないではないですが、それも必ず保留つきです。手放しに希望や幸福感や満足にひたるということは、まずありません。

ところが、この23日の日記だけは別です。カフカは心から満足し、喜びに満ちています。これほど感動的な日記を私は他に知りません。カフカはこの日、カフカになったのです。

これ以前の作品と、『判決』以降の作品は、あきらかに異なります。

これより前の作品も、もちろん素晴らしいのですが、これ以降に比べると、まだ蕾（つぼみ）かサナギか青いバナナのような状態と言えるでしょう。

この1912年9月22日から23日は、カフカという小説家の誕生の日なのです。偉大な作家の誕生ですが、29歳にもなって、「**ぼくは今まで書いていたんだ**」と女中に向かって背伸びして得意そうに言うあたりは、なんともかわいげがあります。

カフカは自分の作品をことごとくけなしていますが、この『判決』だけは例外です。「彼はあれほど多くのほかの作品を否認したように、これを二度とふたたび否認することはなかった」(カネッティ)

『判決』の冒頭には「**フェリーツェ・Bへ**」という献辞があります。

また、この小説の主人公の男の婚約者の名前は、フリーダ・ブランデンフェルトで、フェリーツェ・バウアーと同じF・Bというイニシャルです。

あきらかに、フェリーツェとの出会いが力となって、作品が生み出されています。

それなのに、恋愛小説でもなければ、明るい物語でもなく、前にも少しご紹介したように、父親から溺死を命じられた息子が、橋から身を投げるというお話です。

好きな人ができて、初めての手紙を出して、高揚した気持ちの中で、一気に書いた小説なのに、なぜこういう内容なのか？

思うに、カフカにとって、恋愛は燃料のようなものなのでしょう。それによって前に進んでいける。でも、燃料によって行き先が変わるわけではありません。フェリーツェによって、自分の心の蒸気圧が高まり、ガタンと動き出して、自分が到達すべき地点に到達できたということなのでしょう。

2通目で早くも神経質の雨が降る

神経質の雨が、いつもぼくの上に降り注いでいます。
今ぼくがしようと思っていることを、
少し後には、ぼくはもうしようとは思わなくなっているのです。

1912年9月28日（29歳）フェリーツェへの手紙

最初の手紙に対するフェリーツェからの返事は、8日後の9月28日に届きました。

返事に8日もかかったのは、その間にフェリーツェは、ブロートや、ブロートの妹のゾフィー（先に書いたようにフェリーツェの従兄の妻）に、手紙で相談をしていたようです。

もちろん、ブロートは大いにカフカを推薦したことでしょう。妹もそれにならったでしょう。ここでも、ブロートはカフカに力を貸しているわけです。

フェリーツェからの初めての手紙を受け取った数分後には、もうカフカは返事を書き始めました。大きな紙で4枚もの長い手紙になりました。それでもまだ、書きたいと思ったことのほんの始めくらいにすぎませんでした。

そして、この2通目の手紙で、早くもカフカはこんな「**神経質の雨**」を降らせてしまっています。とても好きな人に送るラブレターの一節とは思えません。

「**ぼくはまめに手紙を書ける人間ではありません**」どころではありません。

さらに、「**どうかすぐにまたお便りをください**」と、返信を要求してしまいます。

それどころか、「**小さな日記を書いて送ってください**」「**あなたは何時に出勤するのか、朝食は何を食べたか、オフィスの窓の見晴らしはどうなのか、そこでどんな仕事をしているのか、男友達や女友達は何という名前なのか、なぜ贈り物をもらうのか、甘いお菓子を贈ってあなたの健康を損ねようとするのは誰なのか、その他、その存在も可能性もぼくにはまったく見当のつかない、無数の事柄についても、書かなければなりません**」

せっかく1通目の手紙で、「**ぼくは、手紙がきちんとやってくることも、決して期待しませ**

ん」と書いたのに、だいなしです。

最初の手紙は、自分をよく見せよう、なんとか文通を断られないようにしようと、ウソまでついていて、いかにも恋する男のものでした。

しかし、2通目からもう、カフカらしさがとめどもなくあふれ出してくるのでした。

恋愛と小説の火に、家族と工場が水をさす

長いこと窓辺に立ち、身体を窓ガラスに押しつけていた。橋の上で通行税を取りたてている男が見えた。墜落(ついらく)してあいつをびっくりさせてやろうか、という気がたびたび起こった。

1912年10月7日から8日（29歳）ブロートへの手紙

『判決』以降も、どんどん原稿が書けていました。すぐに書けなくなるカフカとしては、とても珍しいことです。長編小説『失踪者（アメリカ）』を書き始めていました。

当時のブロートの日記。「カフカは忘我の境地で、幾夜となくぶっとおしに書いている」

ところが、ちょうどそういうときに、邪魔が入ります。

例のアスベスト工場をまかされている義弟（妹エリの夫）が、２週間ほど出張に出るので、その間、工場を代わりに監督しなければならなくなるのです。カフカは嫌がりますが、母親からは懇願され、父親からは遠回しに非難され、カフカは自殺を考えます。

それくらいのことで自殺とは極端すぎるようですが、長いスランプをようやく抜けたら、そこに工場が待っていたのでは、いやになってしまうでしょう。

カフカをよく知るブロートがこう書いているので、かなり危なかったのかもしれません。

「この手紙を読んだとき、私の背すじに冷たいものが走った。私はフランツの母親に手紙を書き、何一つ隠さずすっかり打ちあけて、息子が自殺の危険に直面していると警告した。もちろん私がくちばしを入れたことはフランツには黙っておいてほしい、と頼んだ」

ブロートのおかげで、カフカは工場行きをまぬがれます。

フェリーツェと手紙のやりとりを始めたところなのに、自殺を考えるとは、不思議な気がするかもしれませんが、じつはこのとき、フェリーツェからなかなか返事が来なくて、そのことでもカフカは不安定になっていました。

危険な手紙!

ぼくがイムマヌエル教会通りの郵便配達人で、
この手紙をあなたの家に届けるのだったら、
家族の方々が驚くのもかまわず、他の部屋をどんどん通り抜けて、
あなたの部屋まで行き、手紙を直接、手渡しするのですが。

いや、それよりも、ぼく自身があなたの家の玄関の前まで行き、
無限に長い間、ベルを押しつづけて、喜びを感じたい、
すべての緊張が解けるほどの喜びを感じたいのです!

1912年10月13日(29歳)フェリーツェへの手紙

カフカの2通目の手紙はただちに投函されました。ところが、今度はなかなかフェリーツェから返事が来ません。1週間たっても来ません。2週間たっても来ません。
カフカはとても待ちきれません。その間に3つの手紙を書きます。

1つ目は、返事が来なくても、手紙を書きたいというもの。「書かないと頭痛がします」

2つ目では、「**もう1週間以上前から、ぼくはあまりにも幸福で、あまりにも苦しんでいます**」と、手紙のやりとりが始まった喜びと、返事が来ない苦しみを訴えています。

3つ目が、ここに引用した10月13日の手紙です。

手紙の中ほどでは、ついに「**どうしてあなたは、ぼくに手紙を書かなかったのですか？**」と、問いただしてしまっています。なぜ既読スルーなのか、というわけです。

そして、この最後の文章が続くのです。

イムマヌエル教会通りというのは、フェリーツェの住所です。

家の中まで入って、手紙を直接手渡したいとか、玄関のドアのベルを永遠に鳴らし続けたいとか、かなり怖いです。今だったら、ストーカー認定されかねません。

1つ目と2つ目の手紙は発送されませんでした。

でも、この3つ目のいちばん危ない手紙は、10月13日に投函された――とこれまでは思われていました。フェリーツェへの3通目の手紙として。

従来の『フェリーツェへの手紙』の本でも、3通目として載っています。初めて読んだとき、こんな危ない手紙を、3通目にもう送ったのかと、ずいぶん驚いたものです。

ところが、最近の研究によると、実際には投函されなかったようです。

さすがに、カフカも思いとどまったのです。もし送っていたら、どうなっていたか……。

なお、この3つの手紙をそのまま破棄したかというと、そうではありません。

ずっと保管していて、後に別の手紙を送るときに、過去の手紙として同封しています。

フェリーツェからの返信は、3週間以上、つまり1カ月近くたった、10月23日にようやく届きます。カフカは職場でそれを受け取り、仕事中にもかかわらず、またしてもただちに返信を書き始めます。

「ぼくの生活の半分は、あなたからの手紙を待つことで成り立っています」

こうして待たされて、手紙に飢え続けたことが、ただでさえ手紙好きのカフカの心にさらに火をつけます。ここから1日1通どころか、2通も3通も書いたり、さらに電報まで打ったりする、カフカの怒濤の手紙の行列が、フェリーツェに向かって行進を開始します。

それだけでなく、カフカは返信を懇願し強制するようになっていきます。まるで生きるために欠かせない救援物資を求めるかのように。

5

誰かを好きになった日の鮮明な記憶

その人のことが気になりはじめる、意外なきっかけ

誰かを好きになった日のことを、人は鮮明に覚えているものです。相手が何を言って、何をして、どんな表情をして、何を食べて、何を着ていたか。脳裏に焼き付けられたかのように、細かいところまで鮮明に、何度でもくり返して思い出すことができます。

カフカは5通目（投函されなかった3通をのぞき）の手紙で、フェリーツェと初めて出会った日のことを振り返ります。もう2カ月半近くたっていましたが、カフカはその日のあらゆることを心に刻み込んでいて、何ひとつ忘れていません。

その中から一部を引用してみます。カフカがフェリーツェのどこに感銘を受けたかがよくわかります。

あなたはとてもまじめに写真を見てくださって、
オットーが説明したり、ぼくが新しい写真を差し出すときしか、

目を上げませんでした。
写真をよく見るために、あなたは食事を中断なさいました。
そして、マックスが食事のことで何か言ったとき、
たえずものを食べている人間ほど嫌なものはない、
というようなことを、あなたはおっしゃいました。

1912年10月27日（29歳）フェリーツェへの手紙

何も注目すべきことはない、どうでもいい思い出話のようですが、この中には、カフカの琴線（きんせん）にふれる箇所があります。それも激しくふれる箇所が。

人を好きになるというのは、他の人はなんとも思わずに見逃してしまう、その人のふるまいや性質に、自分だけの特別な価値を見出す、ということではないでしょうか。

写真というのは、カフカが持ってきた、パレスチナ行きの豪華客船の写真です。

その写真を見るためには、フェリーツェは「**食事を中断**」し、しかも食事をすすめられるかすると、「**たえずものを食べている人間ほど嫌なものはない**」と言ったのです。

カフカはどんなにハッとしたことでしょう。

カフカは菜食で、小食で、間食もせず、アルコール類や刺激物もなるべくとらないという、極端な食事制限をしていました。

なぜかというと、健康のためです。胃の心配をしていたら本当に胃の調子が悪くなったせいでもあります。

また、たくましくて、大きく、なんでも食べる父親への反発でもありました。

しかし、それだけではないでしょう。

食べ物というのは、自分の外の世界のものです。外のものを、内に入れられないというのは、現実に対する不安、現実に対する拒絶のあらわれでもあるでしょう。

うまく生きられない人間は、うまく食べることもできないものです。

緊張する相手や、嫌な相手との食事では、なかなか食べ物がのどを通らないものです。

それと同じように、不安で受け入れがたい現実を生きていると、食べることにも困難が生じがちです。

「気に食わない」とはよく言ったもので、気に食わないときには、口も食わないのです。

ところが、たくましい体つきをして、世の中で生きるすべを心得ているフェリーツェが、食事を軽視するかのような発言をしたのです。それも「忙しくて食べるひまがない」というような、忙しさのアピールなどではなく、貪欲に食べる人間への嫌悪を示したのです。

生きることを愛する人が、健康的にもりもり食べる人を見て、素敵だと感じて好きになることがあるように、生きづらさを感じる人が、食事を拒絶する人を見て、心ひかれることも、大いにありうるのです。

うまく食べることができず、針金のように痩せているカフカとしては、たくましく如才ないフェリーツェが、貪欲に食べる人間への嫌悪を思いがけず共有していることに、驚かずにはいられなかったでしょう。

少女フェリーツェの青あざ

あなたは話してくださいました。

少女の頃、兄弟や従兄弟からたくさん殴(なぐ)られて、
ほとんど無抵抗だったと。
左腕を右手で上から下へさっとなでて、
この腕はその頃は青あざだらけだったと。
それでもあなたは、少しも哀れっぽい感じがしませんでした。
うまく説明できないのですが、
誰かがあなたを殴ることができたなんて、
いくら当時は幼い女の子であったにしても、
ぼくにはふにおちませんでした。

同前

幼い頃の話になり、フェリーツェは「**たくさん殴られて、ほとんど無抵抗だった**」ことがわかります。

フェリーツェはかつて弱者だったのです！　それも無抵抗な。

弱さにこだわっているカフカが、これを聞き逃すわけがありません。

今のフェリーツェには弱者の面影はありません。ですから、カフカにはそれはとても信じられないことです。

今はたくましい女性が、幼い頃には弱者であったとしても、不思議はありませんが、それでもカフカにはうまく飲み込めません。

カフカはかつても弱く、今も弱いからです。


とにかく、今は強い肉体を持ち、社会的にも成功しているフェリーツェですが、彼女は弱者の気持ちを知っているのです。

生まれつきの強者、生まれたときから世の中とうまくやってきた人間ではないのです。

明るく快活で社交的なブロートが、しかし肉体的な障害を抱えているように、フェリーツェもまた、その見た目からは想像のつかない、過去の青あざを持っていたのです。

カフカの気持ちは、ますますフェリーツェに近づいていったことでしょう。

手紙の羊が列をなす

一昨日は、いつまでも終わらない手紙をお送りしてしまい、とても反省しています。

あのような手紙で、あなたの読書の時間を奪い、休息の時間を奪い、
さらに、あなたのほうでも長い返事をすぐに書かなければならないような、
そんな義務感を負わせてしまったとしたら、それは本意ではありません。

昼間のお仕事でお疲れのところに、
夜はぼくがまたやっかいごとを持ち込むというのでは、
恥じ入らずにはいられません。

ぼくの手紙は、そんなことを望んでいません。まったく望んでいません。

5行の文章、そう、それならきっと、晩にときどきお書きになれるでしょう。

1912年10月29日（29歳）フェリーツェへの手紙

自分の長い手紙を読むために、またそれに返信を書くために、フェリーツェの自由な時間が奪われることを心配しています。
そして、夜は書かないように、返信も5行でいい、と提案しています。

この手紙は、ほとんどのこの用件のためだけに書かれています。
しかし、その2日後の手紙では——。

5行だけの手紙を書いてほしいというお願いは、
思いやりがあるようでいて、
いやらしい嘘（うそ）のにおいがします。
そのにおいを消すことができるでしょうか？
ぼくにはとても無理です。

この願いは誠実なものではなかったでしょうか？
たしかに誠実なものでした。

では、不誠実なものではなかったでしょうか？
もちろん、不誠実なものでした。
なんて不誠実な願いなのでしょう！

1912年10月31日（29歳）フェリーツェへの手紙

やっぱり、5行ではもの足りないわけです。

「返信を書くために無理をしないでほしい」と言っておきながら、すぐに「もっと手紙がほしい!」と言い出す。これをその後もカフカは何度もくり返します。

メールやLINEやSNSでやりとりするのが一般的になった現代、同じ相手と1日に何度もやりとりするのは、とくに珍しいことではありません。

しかし、手紙でそれをやるというのは、本来は不可能に近いことです。ところが、カフカはそれを実行しますし、フェリーツェにもそれを求めます。

最近、手紙のよさが見直されています。よさのひとつとしてあげられるのが、「ゆっくりしたやりとり」になるということです。しかし、カフカの手紙のやりとりには、そんな牧歌的なのんびり感は皆無です。手紙が届いたら、ただちに返信を書き始めないと、もう次の手紙が届きかねません。そして、何通かとどこおってしまうと、「なぜ返信がないのか!」とせかす手紙が届き、さらには電報まで届きかねません。

手紙は、まるでプールの端にタッチしたとたんにターンする水泳選手のように、カフカとフェリーツェの間を休みなく行き来しなければならないのです。

ＬＩＮＥ疲れやＳＮＳ疲れという言葉は、最近になってできたものですが、フェリーツェは間違いなく、カフカ手紙疲れを起こしたことでしょう。毎日、返信を書かなければならないのですから。ときには1日2通も。バリバリ仕事をしながらですから、大変な負担です。

その疲れを、カフカが気づいてくれるかと思うと、たちまち、またせかされるのです。

「君も知っての通り、一通の手紙を書くと、これはもう群れを先導する羊のようなもので、すぐに20頭もの手紙の羊が後に続くんだからね」

これはカフカが19歳のときに友達に出した手紙の一節です。カフカの手紙好きがよくわかります。友達にでさえこれですから、好きな人へとなると、ただごとではすみません。

手紙の羊は、プラハのカフカの家から、ベルリンのフェリーツェの家まで、ずらっと列をなして進んで行くのでした。

カフカはすべて書留にしていましたから、手紙を受け取るためにサインをするだけでも、フェリーツェや彼女の家族は大変だったことでしょう。

誰よりも痩せた男からのラブレター

ぼくは、ぼくの知っている最も痩せた男です。
（これは重大なことです。
なにしろ、ぼくはあちこちのサナトリウムをめぐって、
たくさんの人たちを見ているのですから）

1912年11月1日（29歳）フェリーツェへの手紙

「この求愛している男（中略）が自分は最も痩せた男だということを、しょっぱなから言うのである！」とカネッティも書いています。

自分がひどく痩せているとしたら、好きな女性にはむしろ隠したいものでしょう。ところがカフカは、自分から強調せずにはいられないのです。

最も痩せた男からラブレターをもらったフェリーツェは、どんな気がしたでしょう？

先に紹介したように、すでに2通目の手紙でカフカは「**神経質の雨**」を降らせています。

そして、4通目の手紙では、不眠を訴えています。そして、この手紙です。神経質で、不眠症で、最も痩せた男ということが、もうこの時点で伝えられているのです。「これからあとは、文字どおり、苦情のない手紙は一通もない」(カネッティ)

なぜカフカは、自分の肉体的、精神的な不調について、フェリーツェに訴え続けるのでしょうか?

言わずにはいられなかったということもあるでしょう。

カフカにとって、日常生活は苦痛の連続です。

そもそも苦痛というのは、訴えたくなるものです。ひとりで部屋にいてさえ、どこかをぶつけて痛かったりすれば、「痛い! 痛い!」と声に出すのではないでしょうか。人がいればなおさら、「痛かった」と話をしたくなるでしょう。

しかし、問題は、相手が聞いてくれるかどうかです。

「人の病気の話と、ペットの話ほど、聞きたくないものはない」などと言われます。実際、愚痴を聞きたい人など、どこにもいないでしょう。

しかし、好きな人であれば、話は別かもしれません。好きな人の感じている苦痛であれば、無関心ではいられないでしょう。

苦痛を親身に聞いてもらうためにこそ、カフカは恋人を必要としたのかもしれません。何事もきちんとまじめに受けとめてくれて、しかも自身は健康で、他人の愚痴によってへこむようなやわな心は持っていない。だから、遠慮なく、いくらでも苦痛を訴えることのできる相手。


だとしても、苦痛を訴え始めるのが、あまりにも早すぎるでしょう。

それだけカフカにとって、生きる苦痛というものが、重要であったことがわかります。


あるいは、自分の弱さを隠すのは不誠実と思ったのかもしれません。

本当はねずみなのに、ふさふさのしっぽをつけて、リスのふりをして求愛するようなことはしたくない。自分のすべてを知ってもらって、その上で求愛すべきなのではないか。


しかし、もうひとつの目的もあったでしょう。

それはフェリーツェを自分から遠ざけておくため。少なくとも自分の肉体から遠ざけておくため。そのことについてはこれから、おいおい見ていきたいと思います。

6

恋人から忠告されると、死にたくなる

フェリーツェの側から見てみると？

ここで、カフカの側(がわ)から、フェリーツェの側に視点を移してみたいと思います。

フェリーツェのほうは、カフカのことをいったいどう思っていたのでしょうか？

フェリーツェからカフカに送った手紙が残っていれば、多くのことがわかるのでしょうが、残念ながら、わずか4通しか残っていません。他はすべてカフカが焼却してしまったと思われます。残っているものも、カフカが選んで残したわけではなく、たまたまのようです。


ですから、フェリーツェの気持ちは推測するしかないのですが、それでもまったく手がかりがないわけではありません。

カフカは手紙の中で、フェリーツェが書いたことについて、ちょこちょこふれています。

また、フェリーツェが電話でブロートに語った内容がある程度、わかっています。

さらに、行動こそがその人の本心を表すとすれば、フェリーツェの行動は彼女の気持ちを雄弁に語っていると言えるでしょう。

身体をいたわるように忠告すると……

フェリーツェは、夜中にずっと小説を書いているカフカに、「適度と限度」を勧めたようです（カフカの手紙にそう書いてあります）。身体の不調をいつも訴えてくるのですから、もっと睡眠をとって、自分をいたわったほうがいいと言うのは、当然のことでしょう。

しかし、カフカはこれに猛反発します。

彼は自分の弱さを訴えたいのです。しかし、それは「身体に気をつけて、丈夫になって」と言ってほしいからではありません。強くなりたくはないのです。

まして、小説を書くための時間を削ってまで強くなるなんて、とんでもないことです。

ぼくが書くものには、何の価値もないかもしれません。
しかし、それなら、ぼくもまた、まったく何の価値もないのです。
ですから、このことに関して、自分の身体を大切にするとしたら、疑いもなく確実に。
正しい見方をするなら、実際には身体を大切にするどころか、
自殺することになるのです。

「**自殺**」という言葉まで出てきます。

身体を大切にしろと言ったら、それは自殺とまで激しく反発するのです。


1912年11月5日（29歳）フェリーツェへの手紙

拒絶しないで、変えようとしないで、距離をおいて、やさしく我慢して

ぼくを拒絶しないでください。
ぼくを改善しようとしないで、
大いに距離をおいて、やさしくぼくを我慢してください。

1912年11月7日（29歳）フェリーツェへの手紙

そう言われても、フェリーツェとしても困ってしまったでしょう。

フェリーツェは、社会にちゃんと適応できる、常識人です。弱音ばかり吐き続けるカフカに、最初は戸惑い、だんだんと不安になっていったようです。

そして、そのことを手紙に書いたようです。

さらに、あまりにも手紙を書きすぎるということについても、少し注意したようです。

不気味な予言

このフェリーツェからの手紙は、カフカに衝撃を与えます。

ぼくは書かずにはいられません。
でないと、悲しみのために死んでしまうでしょう。

1912年11月8日（29歳）フェリーツェへの手紙

しかし、こう書く一方で、カフカは同じ手紙の後半で、恋する女性への手紙に書くことは思えない、奇妙な予言めいたことを書きます。

カフカの妹エリに子供が生まれたという話を書いているのですが、そのことで義弟（エリの夫）に「**激しい羨望**（せんぼう）」を感じたというのです。なぜかというと――

ぼくは子供をもつことは決してないでしょう。それは確実です。

同前

フェリーツェは、結婚して子供を作って、幸せな家庭を築きたいと思っていました。それが、自分にしつこいほど手紙を送ってくる男が、一方で、こんなことを手紙に書いてくるのです。どう解釈したらいいのか、理解に苦しんだのではないでしょうか。

出されなかった別れの手紙

カフカのほうも、フェリーツェの反応で、これはもうダメだと思ったのか、別れの手紙を書きます。

あなたはもうぼくに手紙を書いてはいけません。
ぼくももうあなたに手紙を書かないことにします。
書いたら、あなたをきっと不幸にしてしまうでしょうし、
ぼくの助けにもならないのです。

ぼくという幽霊を、早く忘れてください。
そして以前のように、
楽しく平穏な暮らしを送ってください。

1912年11月9日（29歳）フェリーツェへの手紙

しかし、けっきょくカフカは、この手紙を投函しませんでした。
これは遺稿の中から発見されたものです。
ただ、手紙を書くのは本当にやめて、11月10日は書いていません。たった1日ですが、
カフカにしてはすごいことです。

ところが、11日にフェリーツェから3通の返信が届きます。
カフカは喜んで、その日のうちに、また3通の手紙を出します。
その2通目の手紙には、こんな記述が。

土曜日の出来事が思い出されます。
ぼくはマックスと歩いていました。

そのときのぼくは、すごく幸せな人間だと言うことはできませんでした。

ぼんやり歩いていたので、馬車がすれすれのところを避けて通りました。

それでもまだ思いにふけりながら、
ぼくは地団駄を踏んで、わけのわからない声を上げました。

そのとき、実際にはぼくは、轢（ひ）かれなかったことにひどく腹を立てていたのです。

もちろん馬車の御者は誤解して、ぼくをののしりましたが、それも当然です。


1912年11月11日（29歳）フェリーツェへの手紙（2通目）

土曜日というのは、別れの手紙を書いた9日のことです。

その日、カフカは、またしても自殺願望にとりつかれていたのです。

自分を轢き殺さなかった馬車に、地団駄を踏んで何か叫ぶというのは、ブロートも驚いたことでしょう。

離さないと同時に、つきはなす

さらに、3通目には、こんなことが書いてあります（何箇所かの抜粋です）。

週に一度だけお手紙をください。

ぼくがどんなにあなたとしっかり結びついているか。

ようするに、ぼくの健康状態では、
ひとりでいるのがやっとで、
結婚には耐えられないし、
まして父親になるなんて、到底無理です。

お互いに命が惜しければ、こんなことはすべてやめにしましょう。

1912年11月11日（29歳）フェリーツェへの手紙（3通目）

じつに不思議な手紙です。手紙の数を減らそうと言ったかと思うと、「**ぼくがどんなにあなたとしっかり結びついているか**」と言い出します。

このときじつは、フェリーツェに対する呼びかけが、敬称のSieから親称のduに変化します。ドイツ語には、英語のyouにあたる言葉が2種類あって、目上の人やまだそれほど親しくない人には敬称のSieを使い、親しくなるとduを使い始めます。

日本語にはぴったりの訳語がありませんが（Sieを「あなた」、duを「きみ」と訳したりもしますが）、状況としては、敬語を使って「○○さん」と読んでいたのを、ため口で「○○」と呼び捨てにし始めるのに近いでしょう。

いきなり呼び捨てというのは、恋愛マンガでもドキッとする瞬間としてよく出てくるのではないかと思いますが、それがここなのです。

ところが、その後でまたしても、結婚は無理で、父親になるのも無理という話。

そして、すべてをやめようと言い出します。

しかしまた、翌々日の13日には、バラの花束をフェリーツェに贈ります（届くのは17日の日曜日ですが）。

離れようとし、近づこうとし、別れようとし、求愛するのです。


いったい真意はどこにあるのか？

おそらくはどちらも本音なのでしょう。

出版のときに、出したいけど出したくなかったのと同じで、ここでもカフカは、つきあいたいけど、つきあいたくなかったのでしょう。

そうした矛盾は、カフカの側に立てば理解できるとしても、こんな手紙を受け取ったフェリーツェのほうは、わけがわからなくて、すっかり混乱してしまったことでしょう。しがみついて離れないようでいて、同時に、つきはなしてもいます。

いったいどうしろというのか？

別れを考えたフェリーツェ

さすがに、別れも考えたようです。

「彼女の目には（無理もないことだが）フランツが気味の悪い存在に見え、彼を世の常の軌道に乗せることはとてもできまいと思われたので、いっそ交際を絶ってしまおうという気になった」とブロートは書いています。

なぜブロートがそのことを知っているかというと、このときブロートとフェリーツェは、手紙のやりとりをし、電話でも話をしたのです。

フェリーツェがブロートに相談したのか、ブロートが危機を察知して自分から間に立つたのか、それともカフカから頼まれたのか。

ブロートは後に、こういう手紙をフェリーツェに出しています。

「私はあなたに、フランツという人間と、彼がしばしば病的に過敏なことについて、なんとか大目に見ていただきたいと、ただもうお願いするばかりです」

そして、何かあったときには、「私にご相談いただけるよう、お願いします」と頼んでいます。

さらに、「なお、私がベルリンにいたことは、誰にも言わないように、くれぐれもお願いします。私は誰も訪ねず、あなたとだけ話しました。——あなたのお幸せと、すべてがうまくいくことを願っています」と手紙の最後に書いています。

この手紙の文面からすると、ブロートはわざわざこのことのために、フェリーツェの住むベルリンまで出向いたようです。それも、誰にも内緒で。

この間、もちろん、フェリーツェからカフカへの返信はありませんでした。

ベルリンからは、もちろん何も来ない。
何かを期待するなんて、馬鹿だった。
あそこで君は、言えるだけのことは言ってくれたよ。

善意から、分別（ふんべつ）をもって、先のことも考えながら。
もしあのとき、君の代わりに天使が電話で話したとしても、
ぼくの毒のある手紙に対しては、どうしようもなかっただろう。

1912年11月13日（29歳）ブロートへの手紙

カフカは、ブロートとフェリーツェの電話のことを知っています。
もともとカフカが頼んだことだったからかもしれませんし、そうでなくても、ブロートはカフカに対してはなかなか隠し事ができません。何かを察したカフカから懇願されると、ついしゃべってしまうのです。そういうことは何度もあります。

自分で自分を非難する

フェリーツェは、電話でいったいどんな話をしたのか？
じつは、その内容は、ある程度、わかっています。
というのも、カフカがフェリーツェへの手紙の中で、それを書いているからです。

「そう、彼はわたしを愛しています。でもそれは、わたしには大きな不幸です。というのも、彼はわたしを愛しているから、苦しめてもいいと思っていて、この勝手に思い込んだ権利をとことんまで利用するのです。ほとんど毎日、1通の手紙が来て、それで死ぬほど苦しめられますが、そこに2通目の手紙が来て、最初のを忘れさせようとします。でも、どうして忘れられるでしょう？　彼はいつも謎めいた物言いをします。彼からは率直な言葉を受けとることができません。もしかすると、彼の言いたいことは、書けないことなのかもしれません。でもそれなら、どうかお願いだから、そんなことはもうやめて、分別のある人間として書いてほしいのです。彼はきっとわたしを苦しめるつもりはないのでしょう。わたしを愛しすぎるほどに愛しているのですから。そのことはわたしにもわかります。でも、彼にはもうこんなにわたしを苦しめてほしくないし、彼の愛でわたしを不幸にしてほしくないのです」

最愛の語り手よ！

あなたのためなら、ぼくの命さえも捧げることでしょう。

でも、あなたを苦しめるのをやめるわけにはいかないのです。

１９１２年12月2日（29歳）フェリーツェへの手紙

「　」の中は、フェリーツェの言葉の再現ではあるのでしょうが、これを読むと、どう見てもカフカの文章です。

「彼女との仲を取り持っているブロートが、彼女のこれほどの素気なさをそのまま伝えたとは思われないから、これは彼の想像の産物であろう」と谷口茂も書いています。

おそらく、元はもっとずっと普通の内容だったと思われます。それをカフカが、こういうふうに言い換えたのでしょう。あるいは、まるっきりカフカの創作かもしれません。フェリーツェはこう思っているだろうと推測して。カフカはよくそういうことをします。後に『父への手紙』でも、父から自分への反論を、自分で書いています。

人から実際に非難されるのは、我慢ならないのです。

だから、先に自分でこうして書くのです。相手が思っているよりも、ずっと激しく。もう自分でよくわかっているし、自分で自分を充分に非難しているのだから、首を吊っている人間の足をさらにひっぱる必要はない、というわけです。

ブロートの献身

私は初めてカフカの『フェリーツェへの手紙』を読んだとき、カフカにも驚きましたが、そのカフカに耐えることができたフェリーツェにもずいぶん驚きました。

「よくカフカとつきあい続けたなあ！」と。

しかし、やっぱり、フェリーツェも、最初は無理だと思ったのです。

でも、ブロートの献身的な説得によって、フェリーツェは別れを思いとどまりました。

ここまでもまたブロートが、カフカをサポートしているのでした。

11月14日、フェリーツェはまたカフカに返信を送りました。

しかも、フェリーツェのほうもduを使い始めます。

カフカはとても喜んでいます。「**そのためにあなたにひざまずいて感謝している**」とまで書いています。

このフェリーツェの返信がなければ、もしかすると、カフカの『変身』は生まれなかったかもしれません。

『変身』誕生！

小さな物語を書くつもりです。

ベッドで嘆いているときに思い浮かんだ物語なんですが、
それが心の奥からぼくをせき立てるんです。

1912年11月17日（29歳）フェリーツェへの手紙

この「**小さな物語**」というのが『変身』のことです。

「**ベッドで嘆いているとき**」というのは、フェリーツェからの手紙がなかなか来なくて、悲しくて起き上がれず、もう手紙が届くまでベッドにいようと決心していたときのことだと思われます。『変身』の主人公は、ベッドの中で虫になった自分に気づきますが、カフカはこの物語をベッドの中で思いついたのでした。

恋愛→情緒不安定→創造性の高まり

カフカはフェリーツェに最初の手紙を出した2日後に、一晩で一気に短編小説『判決』を書き上げ、自分の作風に到達しました。

さらに続けて、長編小説『失踪者（アメリカ）』を書き始め、どんどん進めていきます。

書けない悩みからつけはじめた日記帳が、ついに小説で埋められていくようになります。

さらに『変身』まで書き始めるのです。

フェリーツェに大量の手紙を書きながらですから、この時期の執筆量は大変なものです。

「これは一つのすばらしい時期である。彼の生涯にこれと比較される時期はわずかしかない」（カネッティ）

なぜ突然、これほど書けるようになったのでしょうか？

面白い研究を目にしました。

「情緒不安定な時期には、創造性が高まる」というのです。

普通、情緒不安定はよくないこととされますが、そういうプラス面もあるわけです。

恋愛中は、誰でも情緒不安定になります。ちょっとしたことで泣いたり怒ったり。はたから見ると不幸な恋愛をしているかのように見えるときほど、じつは本物の恋愛です。

ユダヤの格言に「本物の恋愛は、２つの金属が強い火によって合金となるようなもの」というのがあります。生まれも育ちも異なる2人が、いっしょに暮らしていけるようになるためには、いったんお互いのアイデンティティを不安定にして、それからお互いに合った形に固め直す必要があります。恋愛初期に脳内麻薬が出て、激しい熱情が燃えさかるのは、そのためにこそでしょう。

相手に合わせた心に変化してしまうからこそ、相手を失うと、もはやひとりでは生きていけない、別の相手と生きていくのも無理と思えてしまうのです。

「失恋を癒やせるのは、新しい恋だけ」と言われるのも、また新たな熱によって、心を溶かすことができるからでしょう。

恋愛によって情緒不安定になり、そうなることによって、創造性が高まるわけです。

実際、恋愛中に名作を書いている作家は少なくありません。

また、作家に限らず、恋愛をすると、普段はぜんぜんそんなことをしない人でも、詩を書いたり、曲を作ったりしてしまうものです。そういう経験のある人も少なくないのでは。

恋人の誕生日が『変身』の誕生日

フェリーツェが生まれたのは１８８７年11月18日。

つまり、１９１２年11月17日は、フェリーツェの25歳の誕生日の前日です。

その日にカフカは『変身』を思いつき、17日から18日にかけての深夜、書き始めたのです。まさにフェリーツェの誕生日に、誕生した物語なのです。

ぼくがどれほどあなたに寄りかかっているか、
最愛の人よ、自分でびっくりするほどです。

1912年11月30日〜12月1日（29歳）フェリーツェへの手紙

カネッティはこう書いています。

「彼はすでに『変身』で彼の巧妙の極致に達した。彼は、もはや断じて追い越すことのできなかったものを書いた。『変身』を追い越すことのできるような作品はないからである。この世紀の数少ない偉大な、完成した作品を彼は書いたのである」


ところが、この後、カフカは書けなくなっていきます。

『失踪者（アメリカ）』は未完となります。

それはいったいなぜなのか？

『変身』が完成した4日後に、『観察』が出版されます。カフカにとって最初の本です。

これをカフカはフェリーツェに送ります。これが書けなくなる原因となるのです。

7

彼女と結婚しても、しなくても、生きていけない

初めての本が出版される！

初めての本『観察』が、カフカのところに届いたのは、１９１２年12月10日のことです。原稿がどんどん進み、『変身』が完成したところに、最初の本が届いたのです。

カフカは本を出したがっていませんでしたが、同時に、本を出したがってもいました。どちらも本当の気持ちなので、出たら出たで、当然、喜びもあります。

初めての仕事の成果、初めての給料などは、誰だって感慨深いものです。

早速、フェリーツェに送ります。次のような言葉を添えて。


ぼくのあわれな本に、どうかやさしくしてやってください！

１９１２年12月10日～11日（29歳）フェリーツェへの手紙

カフカの知人がこう書いています。「最初の本『観察』がヴォルフ（出版社の経営者）のところで出たとき、彼（カフカ）はわたしに言った、『十一冊、アンドレ書店で売れました。十冊はわたしの買ったもの。ともかく十一冊目の持ち主がだれだか知りたいですね』、そう言いながら彼は満足げに微笑んでいた」（『回想のなかのカフカ』）
アンドレ書店というのは、カフカの住んでいたプラハの書店です。
発行部数は８００部で、５年たっても半分以上の在庫が残っていたそうです。

作家と思われたいカフカ、小説のことはどうでもいいフェリーツェ

ところが、フェリーツェからは、感想が届きません。
手紙は毎日のように往復しています。
しかし、そこには『観察』の感想はひと言も書かれていません。
カフカはじっと待ちます。彼にしては辛抱強く、17日間も我慢します。
しかし、フェリーツェは他の作家の本の話はするのに、『観察』の話はしません。
ついに、カフカは爆発します。

あなたのお手紙に出てくるすべての人に、ぼくは嫉妬（しっと）します。
名前をあげてある人も、あげてない人も、
男も、女も、実業家も、作家も（もちろん作家にはとくに）。

「石も同情せずにはいられないだろう」とカネッティは書いています。「彼女の目から見ると、彼ら（フェリーツェが手紙の中で名前をあげた作家たち）は誰もが作家であった。ところが彼女の目から見て彼は何だったであろう」

フェリーツェは、カフカが作家だから好きだったわけではありません。これは、人によっては喜びでしょう。この職業だから好きというのでは、落胆する男性のほうが多いかもしれません。男としての自分を愛してほしいと。

カフカはまさに、ただの男性として、フェリーツェに愛されていました。

しかし、それはカフカにとっては、残念なことでしかありませんでした。

「彼に対する彼女の祝福はこれで終った」（カネッティ）

カフカはまたしても書けなくなります。たくさんの作品が次々と生まれていった約2カ月半の黄金期は、終了します。

たき火に水がかけられました。

妹の結婚、そして親友ブロートの婚約

このこと以外にも、この時期には、カフカにとってつらいことが重なりました。

婚約していた妹のヴァリが、いよいよ結婚することになりました。

妹との別れというだけでなく、自分は結婚に大変な困難を感じているのに、妹もその相手の男も、目の前でやすやすと結婚してみせるのです。

カフカでなくても、自分がまだ独身なのに、身近な人が結婚するときには、こういう感じを抱くこともあるのではないでしょうか。


さらに、親友のマックス・ブロートが婚約をしたのです。

マックスが婚約して、ぼくは不安でした。
どう言ってみたところでけっきょく、
彼は婚約してぼくから去ることになるのです。
婚約した女性のことは、

もちろん何年も前から知っていますし、
たいていは好感を覚えました。
ときには大いに好感を覚えたことさえあります。
彼女にはたくさんの長所があります。
とても書き切れないほどに。
全体として彼女は、とても穏やかで、繊細で、慎重な人で、
マックスにものすごく献身的です。
——それでも、それでも。

1912年12月15日〜16日（29歳）フェリーツェへの手紙

困った大晦日、困った新年

ナポレンオンの名言集を、
しばらく前から、ちょくちょく読んでいるのですが、
それにこんな言葉がありました。
「子供がないまま死ぬのは怖ろしい」

ぼくはそれを我が身に引き受ける心構えをしなければなりません。
ぼくは父親になるという冒険に、決して旅立ってはならないでしょう。

では、最愛の人、ごきげんよう。ぼくの最愛の女性に、喜ばしい新年を。

1912年12月30日〜31日（29歳）フェリーツェへの手紙

なんとも驚きの、新年の挨拶です。
ナポレオンまで持ち出して、子供を持たないことを怖れながら、しかし持たないのだと新年に向けて宣言しています。

「フランツ、わたしはいったいあなたをどうすればいいの？」

1913年1月4日〜5日（29歳）フェリーツェへの手紙

カフカが自身の手紙の中に引用している、フェリーツェの言葉です。
まったく、フェリーツェとしては、困惑するしかないでしょう。

すぐ治る病気に、再生の喜びを求める

この頃、カフカはカゼをひきます。真冬でも新鮮な空気を吸うために窓を開けていたりしますから、カゼをひくのも無理はないのですが、カフカとしては大いに不満です。というのも、日々、健康には大変に気をつけているからです。

「千度も乾布摩擦した肌であるにもかかわらず、カゼをひくのです」

でも、心配するフェリーツェにはこんなことを書いています。

すぐに治る軽い病気なら、ぼくにはむしろありがたいものです。
子供の頃からいつも、そういう病気にかかることを願ってきました。
でも、めったにかかりません。
容赦なく流れていく時間を、そういう病気はさえぎってくれます。
そして、この使い古されて、すっかりすり減った人間に、
ささやかな再生の機会を与えてくれます。
それこそぼくが今まさに欲しくてたまらないものです。

1913年1月7日（29歳）フェリーツェへの手紙

これは自傷癖のある人にも通じる心理だと思います。

心の傷の痛みから気をそらすために、身体に傷を作って痛みを感じさせます。

しかし、自傷がクセになるのは、そのためだけではありません。

心の傷は簡単には治りませんが、身体の傷はだんだんと治癒していきます。その「治っていく」という再生の喜びもまた、自傷をくり返す誘惑となるのです。

カフカは自傷こそしませんが、そういう傾向は持っていたようです。


なお、カゼはめったにひかなかったというのですから、やはりもともとはかなり丈夫な体質であることがわかります。

妹の結婚式

ときおりぼくは悲しみに身をよじるのですが、
それにはもちろんさまざまな理由があります。

その中でも、マックスと妹の婚約の期間を、そばにいてずっと共に体験したのは、
決して小さな理由ではありません。
今日、ベッドの中で、あなたに、この2つの婚約についての苦情を長々と訴えましたが、
あなたもきっと大変もっともに思ったことでしょう。

1913年1月10日〜11日（29歳）フェリーツェへの手紙

カフカは手紙を書くだけでなく、ベッドの中で想像上のフェリーツェに向かって長々と語ってもいるのでした。「**ぼくはベッドの中では大変な雄弁家で**」とも書いています。
この11日に、妹のヴァリは結婚します。
人が大勢集まる会に出席することは、カフカはもともと苦手ですし、それが結婚式となればなおさらですし、妹の結婚式となれば、さらにです。

あそこでテーブルにつき、立ち上がり、
世慣れない挨拶の言葉を口にして、グラスで乾杯するのは、
ぼくではないでしょう。
それらはすべて、悲しげなぼくの抜けがらによってのみ行なわれるでしょう。

1913年1月11日～12日（29歳）フェリーツェへの手紙

人見知りと、結婚というものに対する嫌悪と熱望と、その他にもいろいろな思いで、カフカはまるで離人症状態（自分のしていることを、自分の身体から離れて外から見ているような非現実的な感覚）です。

母親の呪い

ぼくにはいつも、あなたのお母さんの呪いの言葉が聞こえてきます。

「これはおまえの破滅ですよ！」

1913年1月15日～16日（29歳）フェリーツェへの手紙

フェリーツェの母親が、フェリーツェにこう言ったようです。

娘が毎晩のように必死で手紙を書いているのを見て心配したようですが、それだけでもないでしょう。あきらかに相手の男がおかしいということにも気づいていたでしょう。手紙の内容を見ることもあったようですから。

子供の恋愛について、親が反対したりすることは、最近ではよけいな口出しとされますが、この場合は、母親の予言がかなり的中しているような……。

今朝、起きる前、ひどく不安な眠りの後で、ぼくはとても悲しかった。悲しさのあまり窓から身を投げるというのではないけれど（それはぼくの悲しさにとっては陽気すぎることだったでしょう）、グラスの水をこぼすように、窓から自分自身をこぼしてしまいたいくらいでした。

1913年1月21日（29歳）フェリーツェへの手紙

窓から身を投げることも、カフカにとっては元気すぎる行為のようです。

2月25日〜26日の手紙では、子供の頃に見た、恋人同士の自殺が描かれている絵画について書いています。その絵の中のふたりは、桟橋から身を投げているのです。カフカはまだ子供だったにもかかわらず、彼らがそうするしかなかったことを、おぼろげながら感じたそうです。

昇進して昇格したけど、倒れたまま

3月1日、カフカは副書記官に昇進します。昇給にもなりました。普通に言えば、将来の見通しが立ってきたと言えるでしょう。しかし、将来の見通しについて尋ねるフェリーツェに対して、副書記官になることを伝えながら、こんなことを書きます。

将来にむかって歩くことは、ぼくにはできません。
将来にむかってつまずくこと、これはできます。
いちばんうまくできるのは、倒れたままでいることです。

1913年2月28日～3月1日（29歳）フェリーツェへの手紙

こんなことを書かれて、フェリーツェのほうは、それをいったいどう受けとめていたのでしょうか？

カフカの手紙にフェリーツェの言葉の引用があります。

あなたはぼくの嘆きについて書いています。

「わたしはそれを信じませんし、あなたも信じていないのです」

1913年3月9日（29歳）フェリーツェへの手紙

フェリーツェは本気にしていないのです。あるいは、本気と思いたくなかったのです。

ついに再会！

3月23日、復活祭の日曜日に、カフカとフェリーツェはついに再会します。最初の出会いから7カ月以上たって、ようやく。列車に乗ればその日のうちに着ける距離に住んでいて、毎日のように手紙のやりとりをしながら。

カフカが、フェリーツェの住むベルリンまで行きました。ベルリンで会うことを提案したのも、カフカのほうからです。あれほど会うことを嫌がっていたのに、なぜ自分から行くことにしたのか？

ぼくがベルリンに行くのは、ほかでもありません、
手紙に惑(まど)わされたあなたに、
本当のぼくがどういう人間なのか、
じかに話し、見てもらうためなのです。

1913年3月19日（29歳）フェリーツェへの手紙

でも、会ってみて、「やっぱりこの人とは無理」とフェリーツェに本当に思われたいのかと言えば、そうではないでしょう。

そこはまたいつものように、愛されたいけど、距離をとっていたいという願いであったように思います。でも、そのためには、一度会う必要もあると。

3月16日〜17日の手紙で、復活祭の連休にベルリンに行って会うことを提案。

その後の1週間、カフカはさんざん逡巡(しゅんじゅん)します。

17日には早くも、行けるかどうかわからなくなってきたという手紙。

17日〜18日の手紙では、旅行を妨げている理由があると。

18日の手紙では、やはり行けそうと。

19日の手紙では、仕事が片づきそうにないことを、におわせます。

20日の手紙では、復活祭には仕事の会合がいろいろありそうという話をします。

21日の手紙では、行けるかどうかまだはっきりしないと。

22日の土曜日は、ベルリンに行くとしたら、もう出発しなければならない日です。この日の朝に、カフカは前日に書いた手紙を投函し、その封筒にこう書きます。「まだ決まっていません」

それでも、カフカは22日に列車に飛び乗り、夕方遅くにベルリンに到着します。

たちまち帰ったわけではない

これまでは、23日の日曜日にフェリーツェに、「**午後4時か5時には発たなければなりません**」というメッセージをホテルから送り、たった数時間会っただけで、すぐに帰ったということになっていました。

しかも、25日の火曜日にライプツィヒ駅とドレスデン駅からフェリーツェに絵ハガキを送っているので、すぐにプラハに帰ったわけではありません。24日はどこにいたのかわかりません。

つまりは、フェリーツェと長くいっしょにいたくなかったのだと、思われていました。

かなり不自然で謎の多い行動ですが、カフカならこれくらいのことはやりかねないと。

でも、最近の研究で、これはちがっていたことがわかりました。

3月23日（日曜日）のものと思われていたホテルからのメッセージは、じつは11月9日（日曜日）のものだったのです。つまり、後にまたベルリンに来たときのものだったのです。

実際にはカフカは、23日と24日の2日間をフェリーツェと過ごし、翌25日にライプツィヒに寄って（クルト・ヴォルフ書店と出版の打ち合わせをして）、ドレスデンからプラハ行きの列車に乗って戻ったのでした。

日頃が日頃だと、こういう誤解もされてしまうわけです。

巨大な家族

この後、フェリーツェは仕事でフランクフルトに行き、その10日間は、あまりカフカに手紙を送りませんでした。出張先からでは無理もないでしょう。

しかし、これがきっかけになったのか、ベルリンに戻ってからも、フェリーツェの手紙の数は減り、文章も短くなります。

「おそらく彼女はそれが彼に影響を及ぼす唯一の手段であることに気がついたのかもしれない」とカネッティは推察していますが、どうなのでしょう。

ただ、カフカが動揺したのだけはたしかです。3月にベルリンで会ったときに、また5月の聖霊降臨祭に会おうということになっていたのですが、カフカはそれを実行しようとします。しかも、フェリーツェの両親に会うと、自分から言い出します。3月のときには、会いたくないと言っていたのに。

そして、実際に、5月11日と12日に、カフカはまたベルリンでフェリーツェと会います。前は再会するまでに7カ月以上かかったのに、今度は2カ月もたっていません。

そして、カフカはフェリーツェの家族と会います。そのときの印象をこう語っています。

ぼくは自分をとても小さく感じました。
そしてみなさんは、ぼくのまわりに巨人のように立っていました。

1913年5月15日（29歳）フェリーツェへの手紙

もちろん実際の大きさのことではありません。カフカは身長が182センチもあります。彼はつねに無力で小さく、他の人たちは強くて大きいのです。

彼女と結婚しても、結婚しなくても、生きていけない

プラハに戻ったカフカは、こんな手紙を出します。

ベルリンでトランクに荷物を詰めていたとき、こんな言葉が頭に浮かびました。
「彼女なしではぼくは生きていけないし、彼女といっしょではぼくは生きていけない」
そう考えながら、ぼくはトランクに荷物をひとつひとつ投げ込んでいきましたが、
なんだか胸がはりさけそうでした。

1913年5月12日〜13日（29歳）フェリーツェへの手紙

この「**彼女なしではぼくは生きていけないし、彼女といっしょではぼくは生きていけない**」とほとんど同じ言葉を、カフカはブロートへの1913年9月28日の手紙にも書いています。1914年2月14日の日記にも書いていますし、そこまでくり返されているのですから、まさに彼の心中（しんちゅう）を最もよく表す言葉だったと言えるでしょう。

しかし、それをまず当のフェリーツェに向けて書いてしまったのでした。

ついにプロポーズする！

カフカはフェリーツェの父親に手紙を書くことを、フェリーツェに約束します。しかし、書くという予告ばかりで、いつまでも書きません。

フェリーツェはまた沈黙という手段をとります。10日間も手紙が来ないときがあります。手紙を糧（かて）としているカフカにとっては、10日は大変なことです。すっかり飢え乾いて、音を上げてしまいます。電話嫌いなのに、フェリーツェに電話さえかけます。

でも、フェリーツェの態度は変わりません。親にも会わせたのですから、ここでカフカにはっきりした態度を示してほしいのです。

6月10日、カフカは彼女への返事として「**1つの論文を用意しています**」と予告します。16日、1週間近くかけて書いた、その論文が彼女に送られます。

それはフェリーツェに結婚を申し込む手紙でした！

しかし、カフカのプロポーズの手紙ですから、普通の手紙のはずがありません。

「これはあらゆる結婚申込みの中で最も風変りなものである」（カネッティ）

8

婚約と婚約解消、そして『訴訟』

カフカ式プロポーズ

ついにカフカは、恋人のフェリーツェに結婚を申し込みます！
手紙好きなカフカのことですから、プロポーズも手紙です。

ぼくはあなたにお尋ねします。
すでに書いたような、残念ながらどうしようもない前提があっても、
ぼくの妻になりたいかどうか、じっくり考えてみるつもりがありますか？
どうでしょう？

1913年6月16日（29歳）フェリーツェへの手紙

「**すでに書いたような、残念ながらどうしようもない前提**」というのは、自分が健康な人間ではないということです。
どんなに結婚の条件を気にしない女性でも、「どんな人でもかまわないの、健康でありさえすれば」などと口にするもの。ほとんど条件とさえ言えないような、最低条件。それが健康でしょう。

それを持っていないと、カフカは言うのです。

ぼくは実際には病気ではないのですが、それでもやはり病気なのです。生活状態が変われば、ぼくも健康になれるかもしれません。でも、生活状態を変えることは、ぼくにはできません。

同前

このときには、カフカはまだ病気ではありません。それはカフカも認めています。しかし、「**それでもやはり病気なのです**」。自分としては、とても健康とは感じられないということです。

生きづらい人間にとって、健康に自信を持つのは難しいことです。悩みのため息によって、命のロウソクの炎はいつもゆらめいていて、まさに風前の灯火(ともしび)です。だったら、ため息をとめればいいわけですが、生きづらさをなくそうと思ってなくせるようなら、もともと苦労はありません。

それは別人になれということで、そうなりたいわけでもありません。

結婚への障害を果てしなく並べる男

そんな自分と結婚する気があるかどうか尋ねることを、カフカは「犯罪的な質問」と呼んでいます。

しかしこれは、病弱な男が、それでも結婚してくれるだろうかと、哀願している手紙ではありません。むしろ、その逆です。

カフカが結婚の障害としてあげているのは、健康問題だけではありません。

このあと、次々と障害がリストアップされていきます。

ぼくは無価値な人間、まったく無価値な人間です。

ぼくには記憶力がありません。

ぼくは何も経験せず、何も学ばなかったような気がします。

実際、たいていのことは、小学生よりわかっていません。

ぼくは考えることができません。
考えている間はずっと壁にぶつかっています。
ぼくは、人と交際するということから、見離されていると思っています。
いろんな人たちとそれぞれに、何度もやりとりして、
活気のある会話を展開していくようなことは、
ぼくには不可能です。

同前

無価値な人間で、記憶力がなくて小学生より無知で、思考力がなく、人づきあいがまったくできない、というのです。

これではまるで、フェリーツェが他の男性と結婚しようとしているのを阻止するために、その男性の悪口を書いているかのようです。「そいつは、こんなとんでもない男だから、やめておいたほうがいいよ」と。

でも、結婚を申し込んでいるのもカフカなら、結婚しないほうがいい理由をたくさん並べているのもカフカ自身なのです。

フェリーツェ、これでも結婚しますか？

さて、フェリーツェ、よく考えてみてください。
結婚によって、ぼくらにどんな変化が起きるか。
何を失い、何を得るのか。

ぼくは孤独を失いますが、孤独というのは、ほとんどの場合、怖ろしいものです。
そして、誰よりも愛するあなたを得るのです。

しかし、あなたは、今までの生活を失うことになるのです。
ほとんど完全に満足している生活を。
ベルリンを失い、
あなたの喜びである職場を、女友達を、人生のささやかな楽しみを失い、
健康で陽気で善良な男性と結婚して

美しく健康な子供たちを授かる望みを失うのです。
よくお考えになってみれば、
美しく健康な子供たちを得ることこそ、あなたの望んでやまないものでしょう。
この計り知れない損失の代わりに、あなたが得るのは、
病気で、弱くて、人づきあいが苦手で、無口で、悲しげな、ぎこちない、
ほとんど絶望的な人間なのです。

同前

結婚を申し込んでいる、その同じ手紙に、結婚しないほうがいい理由がこれでもかというほど書かれています。
こっちに来てほしいと懇願しながら、通路にたくさんのバリケードを築いているのです。

フェリーツェは「イエス」と答えた

ところが、フェリーツェの返事は「イエス」でした。彼女はこの風変わりな結婚の申し込みを受け入れるのです。
カフカは大いにあわてます。

そうじゃない、そうじゃないんです。
自分から不幸になろうとするようなものです。
そんなことをしてはいけません。

１９１３年6月20日（29歳）フェリーツェへの手紙

カフカは「イエス」という答えを待っていたのですが、いざ来てみると、動揺せずにはいられませんでした。おそらく、ノーの返事が来ても同じことだったでしょう。
カフカは、フェリーツェがちゃんと考えていないのだと非難します。結婚生活がどんなものになるか、じっくり想像してみれば、とてもイエスなんて返事を出せるはずがないと。

なぜ申し出をＯＫしたのか？

こんな男との結婚を、なぜフェリーツェは決心したのでしょうか？

カフカの詳細な伝記本の著者であるエルンスト・パーヴェルは、こう書いています。

「フェリーツェは売れ残らないためにも、結婚を望んでいた。彼女は不仲な両親の緊張した雰囲気が嫌で、家を出たいと思っていた。しかし他方、彼女はカフカのかかえている問題がどれほど深刻で広範なものか理解することはできなかったし、それゆえ、そうした問題を即物的かつ合理的に解決できる自分の能力を過信していた」(『フランツ・カフカの生涯』伊藤勉訳　世界書院［以下ではたんに「パーヴェル」と略します］。なお、この本では、フェリーツェの名前の表記が「フリーツェ」となっていますが、ややこしいので、そこだけ「フェリーツェ」と変更させていただきました)

しかし、本当にそうでしょうか？
これほどの手紙をもらっていて、深刻に受けとめずにいられるでしょうか？
そして、そんな理由で結婚したいのだったとしたら、こんな相手を選ぶでしょうか？
もちろん、フェリーツェの本心は知りようもありません。
しかし、行動に、その人の本心がいくらかでも表れるとしたら——。
また先で詳しく書きますが、フェリーツェは、カフカと別れた後も、カフカの手紙をずっと大切にし続けました。別の人と結婚しても、子供ができても、海外に亡命することになっても、決して手放そうとしませんでした。

売れ残りたくなくて、親元を離れたくて、それでつきあった相手の手紙を、そんなに大切にするでしょうか？

やはりフェリーツェは、カフカを愛していたのだと思います。

このときフェリーツェは決心していたのではないでしょうか。たとえば、こんなふうに。カフカのペースにまかせていたら、いつまでたっても、結婚と独身の間を行ったり来たりするだけで、らちがあかない。今度は自分が主導権を握って、ぐいぐい結婚までひっぱっていこう。この人が自分を愛してくれているのはたしかだし、そうでもしないとこの人は結婚できない。それができるのは自分だけだ、と。

だから、わざと手紙を断って、手紙がないと生きていけないカフカを兵糧攻めにして、プロポーズさせるところまで導いたのではないでしょうか。

だとすると、イエスの返事をするのは当然のことです。

そこにはたしかに「過信」があったかもしれません。カフカとの結婚がなんとかなると考えるのは楽観的すぎかもしれません。

しかし、生まれも育ちもちがう相手と、一生をともにする約束なんて、そもそも楽観的にならないと、誰だってできるものではありません。恋の熱にうかされなければ、できるものではありません。

過信があったとすれば、それもフェリーツェが本気でカフカを好きだったからこそではないでしょうか。

結婚に向かって歩みながら、結婚から走って逃げる

ぼくの中には、
まだあなたの知らない、
いくつかの怖ろしい片隅があります。

1913年7月13日（30歳）フェリーツェへの手紙

フェリーツェと結婚の約束をしてから2カ月以上、カフカはなんとか逃走しようと、あ

がきます。結婚の障害となるようなことを、次々と手紙に並べ立てます。

終わりを予感して、星をながめる

カフカはフェリーツェの父親への手紙を依然として書きません。またフェリーツェが冷たくなってきます。カフカはもうこれで終わりかもと思います。夜は星を見てすごします。

思っていたのとは、まったく逆のことが起きた。
3通の手紙が届いたのだ。
最後の手紙には、抵抗できなかった。
ぼくは彼女を愛している。せいいっぱい愛している。
しかし、不安や自責が積み重なり、
愛はその下に埋もれて、窒息してしまいそうだ。

1913年8月14日（30歳）日記

フェリーツェは終わりにするつもりはありませんでした。冷たくしたのも、カフカを動かすためでしょう。

カフカはついに、フェリーツェの両親への手紙を書きます。フェリーツェのもくろみはうまくいったわけです。

自殺願望と読書

明け方、ベッドの中で苦悩する。
唯一の解決は、窓から飛び下りることだと思った。

1913年8月15日（30歳）日記

自殺願望がまた頭をもたげてきます。

お嬢さんは、ぼくといっしょでは、不幸になるにちがいありません。
ぼくは、無口な、打ち解けない、社交性のない不平家なのです。

結婚生活もぼくを変えることはできないでしょう。

1913年8月21日（30歳）日記（フェリーツェへの父への手紙の下書き）

前に出したフェリーツェの両親への手紙の返事が、フェリーツェの父親から届きます。
それに対して、カフカはまた返事を書きます。これはその下書きです。
カフカはこれを清書して、父親に渡すようにとフェリーツェに送ります。
しかし、フェリーツェは父親には見せませんでした。それはそうでしょう。
「お嬢さんはぼくといっしょでは不幸になるに違いない」では、まるで脅迫です。

ぼくが本当の意味で血縁を感じている4人、
グリルパルツァー、ドストエフスキー、クライスト、フローベールのうち、
結婚したのはドストエフスキーだけです。
そして、おそらくクライストだけが、正しい打開策を見出したのです。
外からも内からも苦悩が押し寄せてきて、ピストル自殺したときに。

1913年9月2日（30歳）フェリーツェへの手紙

ここであげられている4人はすべて作家です。そして、また自殺の話が出てきます。

カフカが手紙を書かなくなる！

この後、カフカは仕事でウィーンに行き、そのまま休暇をとって、ベネチアに向かいます。しかし、船酔いして、4日間もホテルで寝込みます。

そんな状態だったからでもあったのでしょうが、フェリーツェにこんな手紙を送ります。

ぼくらは別れなければなりません。

1913年9月16日（30歳）フェリーツェへの手紙

このあと、リーヴァ（イタリアのガルダ湖の北端に位置する街）に行くという短い絵ハガキを出したっきり、カフカはフェリーツェに手紙を書かなくなります！

出会って以来、あれほど書き続けられていた手紙が、ここで初めて途絶えるのです。フェリーツェが書かなくても、カフカのほうは書き続けていたのに、今度は、カフカのほうが書かなくなるのです。

これは、吸血鬼が急に血を吸わなくなるくらい、ありえないことです。

あのことから解放されさえしたら、どんなにいいか。
あのことをいつも考えずにすみさえしたら、どんなにいいか。
たいてい朝早く、目覚めてすぐに、
あのことが何か生きているかたまりのようになって、
ぼくに不意に襲いかかってくるんだ。
こんなことさえなければ、どんなにいいか。

1913年9月28日（30歳）マックス・ブロートへの手紙

「あのこと」というのは、フェリーツェとのことです。
悩みが、もはや怪物化しています。

グレーテの登場

プラハに戻ったカフカは、6週間ぶりに、フェリーツェに手紙を出します。

しかし、それは別れを感じさせる手紙でした。

フェリーツェは、このままではまずいと思い、関係の修復のために、自分の女友達をカフカのもとに送ります。

その女友達の名前はグレーテ・ブロッホ。フェリーツェより5歳下の21歳。フェリーツェとは半年前に知り合ったばかりでした。しかし、2人には多くの共通点がありました。グレーテも速記タイピストからスタートして、どんどん出世をしていった、勤勉で有能な、当時はまだ珍しいキャリアウーマンでした。

彼女が仕事でプラハに行くので、カフカに会ってもらったのです。

しかし、フェリーツェとグレーテが似ているということは、とくに世の中をたくましく生き抜いていく力において似ているということは、グレーテもまたカフカを感嘆させるということです。フェリーツェは、そこには思いが至らなかったのでしょう。

グレーテと会ったカフカは、彼女のすすめもあり、フェリーツェと会うために11月8日と9日の土日を使ってベルリンに行きます。

前にご紹介した、これまで1913年3月23日のものと思われていた「午後4時か5時には発たなければなりません」というホテルからのメッセージは、この9日のものでした。フェリーツェと会えたのは、たった2時間程度でした。フェリーツェの態度は、カフカには冷たく感じられました。いっしょに散歩をしているときも、冷たく歩いていくフェリーツェに、よろめいてついていく自分を、犬のようだと感じます。

プラハに戻ったカフカは、フェリーツェに手紙を書くよりも先に、グレーテに手紙を書きます。そして、このときから、カフカとグレーテの文通が始まります。それは、フェリーツェと文通を始めたときとまったく同じで、グレーテの日常の細かいことまで知りたがり、すぐに返事をほしがります。

手紙の吸血鬼は、他にも手紙を吸い出すことのできる女性を見つけたのです。目の前のフェリーツェとの婚約から逃げたいという気持ちもあったでしょう。

ブロートと疎遠に

またこの時期、あれほど親しかったブロートと疎遠になっていました。
そのさびしさもあったでしょう。

一昨日の晩、マックスのところ。
彼はますます見知らぬ人間のようになっていく。
これまでも彼はぼくにとってしばしばそうだった。
これからはぼくも彼にとってそうなるだろう。

1913年11月24日（30歳）日記

誰よりも親しみを感じていた相手を、見知らぬ人間になったように感じることほど、孤独なことはないでしょう。

もう大人ではあっても、まだ若い人間が、死んだり、自殺したりするのは、
はたから見ると、怖ろしいことだ。
成長していく上では、混乱の時期にもまた意味があるだろうが、
すっかり混乱してしまった最中に、希望を失い、
あるいは、
自分が存在したことは世の中の勘定（かんじょう）に入れないでもらえるのではないか

という唯一の希望を抱いて、
この世から立ち去るのだ。
ぼくは今、そのような状態にあるのだろう。
死ぬことは、無を無に差し出す以外のなにものでもない。
だが、これは感情的には受け入れがたいことだ。
というのも、自分がただの無にすぎないとしても、
どうしてあえて自分を無に差し出すことができるだろう。
しかも、本当に何もない無に対してだけでなく、
理解できないために空虚と感じられるだけの、
ごうごうと唸(うな)っている無に対して。

1913年12月4日（30歳）日記

またしても自殺について考えています。

理性では自殺を正当とみなし、でも感情では受け入れがたいともみなしています。

理解できない「**ごうごうと唸っている無**」に自分を差し出すのは、たしかに怖ろしいことです。

本当にひと押しも必要ない。
ぼくが使える最後の力を引っこめさえすればいいのだ。
そうすれば、ぼくは絶望におちいる。
ぼくをずたずたにする絶望に。

1913年12月11日（30歳）日記

かなり危ない状態にまで達していたことがわかります。

結婚、それは多くのものを失うことに……

フェリーツェからは、ベルリンで会って以来、まったく手紙が来ませんでした。カフカのほうからまた手紙を出しても返事がありません。

今度は、カフカのほうが、フェリーツェのところに友達を送ります。

新しく知り合った、医者であり作家でもある、カフカより1歳上のエルンスト・ヴァイスです。彼はベルリンに住んでいました。

エルンスト・ヴァイスは12月中旬、フェリーツェのもとを訪ねます。彼とフェリーツェがひかれあうことはありませんでした。それどころか、エルンスト・ヴァイスはフェリーツェを嫌います。カフカの相手にふさわしくないと感じました。

彼によると、「相手のベルリン女性はただ実務だけの人間であって、『時代の毒』にもっとも染まった女であり、生活をともにできるはずはないというのだ」（池内紀『カフカの生涯』新書館［以後は「池内紀」と略します］）

キャリアウーマンに対して、こういう反応を示す男性のほうが、当時は多かったのかもしれません。未だに、そういう男性が少しはいるくらいですから。

「ここでも、もつれた糸を解きほぐすために現われたはずの人物が、なおのこと糸をもつれさせた」（同前）

フェリーツェの沈黙は続きました。

ようやく手紙が届いたのは、暮れの12月29日のことでした。

フェリーツェはその手紙の中で、結婚によってお互いに多くを失うということを書きました。つまり、自分も多くを失うということを、このとき初めて認めたのです。

これこそ、カフカがずっと主張してきたことで、ついにフェリーツェもそのことを納得したわけです。自分の説得が成功したわけです。

しかし、カフカはショックを受けます。結婚したくないけれども、結婚したくもある彼としては、フェリーツェが結婚に尻込みすることは、やはりショックなのです。

新年早々の手紙で、カフカはフェリーツェにあらためて結婚を申し込みます。

あらためて結婚を申し込む！

結婚生活は、ぼくらの関係を維持できる唯一の形式です。

この関係が、ぼくにはなんとしても必要です。

ぼくはあなたを愛しています、フェリーツェ。

あなたがぼくのいろいろな点を非難し、変えたいということ、それさえも、ぼくは愛します。

さあ、それでは決めてください、フェリーツェ！

1914年1月2日（30歳）フェリーツェへの手紙（カフカは1913年と書き間違えています）

グレーテとの文通によってカフカが得た、フェリーツェとの「隔たり」が、あらためて求婚する気持ちを強めたのではないかと、カネッティは指摘しています。

フェリーツェと2人きりの関係では、逃げたくなってしまうけれども、グレーテもいれば、適度な距離が保てて、逃げずにすむということでしょうか。

たしかに、この後もずっと、カフカはフェリーツェとグレーテと3人で会いたがります。それはとても奇妙なことではありますが、カフカにとってはそれがせいいっぱいだったのかもしれません。

2人だけの関係というのは、とても濃密なもので、そこに誰かが加わることで、ぐっと緊張感がやわらぐこともあるものです。夫婦にとっての子供も、ときとしてそういう役割をになっているでしょう。

カフカはさらに、フェリーツェの姉のエルナとさえ文通しようとして、フェリーツェにも、グレーテにもあきれられています（これまでエルナは「妹」とされてきましたが、実際には「姉」でした。フェリーツェより1歳年上です）。

フェリーツェの沈黙は続く

カフカの再度のプロポーズに対して、フェリーツェはさらに沈黙を続けます。

ぼくが自殺することになっても、それはまったく誰の責任でもない。
たとえば、直接のきっかけがあきらかにFの態度にあったとしても。
半ば眠った状態で、ぼくはすでに一度、その場面を想像したことがある。
いったいどんなことになるのか。
ぼくはこれが最後という覚悟で、
別れの手紙をポケットに忍ばせて、彼女の家に入って行く。
結婚を申し込んで、拒絶され、手紙をテーブルの上に置いて、バルコニーに行く。
みんなはあわててかけつけて抱きとめてくれるけれども、
もがいて、その手をふりはらい、一瞬のすきに、バルコニーの手すりを飛び越える。
しかし、手紙にはこう書いてある。
ぼくはFのせいで身を投げるのだけれど、

求婚が受け入れられたところで、ぼくにとって本質的なちがいは何もなかった、と。
ぼくは飛び下りることになっている。他にどうしようもないのだ。
それがぼくの宿命であり、Ｆによってそれが現実のものとなるのは、偶然にすぎない。
ぼくは彼女なしで生きることはできない。
だから、ぼくは飛び下りなければならない。
しかしぼくは――Ｆも予感しているように――
彼女とともに生きることもできないだろう。
今晩ぼくが飛び降りてはいけない理由があるだろうか。

1914年2月14日（30歳）日記

帰り道で、ぼくが黙りこくっているのをマックスが嘆いた。
そのあとで、自殺願望。

1914年2月15日（30歳）日記

2月には、ブロートとの友情が回復しました。
しかしそれでも、自殺への思いが強くなっています。

2月28日、カフカは予告もせずにベルリンに行き、フェリーツェを訪ねました。オフィスに行って面会を求めたのです。

フェリーツェは驚きましたが、喫茶店でお昼をいっしょに過ごし、仕事が終わってから2時間散歩をし、さらに翌日の日曜日も3時間以上散歩をして、喫茶店に行きました。

彼女はロケットにカフカの写真を入れていて、カフカのことを好きだとも言いました。でも、結婚には消極的でした。帰りは見送ってくれませんでした。

最後の最後に！

その後も、フェリーツェの沈黙は続きます。

3月18日には、カフカの母親がフェリーツェに手紙を出します。

その前に、フェリーツェから母親に手紙が来ていたようです。内容はわかりません。

カフカの母親は、とにかくすぐにフランツに手紙を出してくれるよう頼んでいます。母親の目から見ても、カフカの心労は激しかったようです。

このやりとりは、もちろんカフカには内緒です。

3月19日、カフカはついに、フェリーツェの両親にまで手紙を出します。フェリーツェの様子を教えてほしいと。

3月21日、カフカはついに、最後になるかもしれない覚悟で、フェリーツェに手紙を書きます。月曜日（3月23日）までに、はっきりした返事がなければ、これでお別れだと。

グレーテにもこの期限のことを手紙で知らせています。

今度こそは本気であったようです。

そして、フェリーツェから返事が来ることは、もうほとんど期待していませんでした。返事が来ることはまったく考えられないし、来たら奇蹟だと。

ところが、月曜日の午後5時、フェリーツェから電報が届きました！

火曜日に手紙が届くことが予告されていました。それは水曜日になって届きました。

フェリーツェは結婚を承諾したのです！

フェリーツェはなぜ急に態度を変えたのでしょうか？

エルンスト・パーヴェルはこう書いています（以下、引用文中のバウアー家とは、フェリーツエ・バウアーの家のことです)。
「ベルリンではフェリーツェ家に事件が起こっていた。フェリーツェの弟フェルディナンドは、自分が犯したある経済犯罪が発覚すると、たちどころに決心して、恋人も家族も捨てて、ちょうどカフカの『アメリカ』の主人公のように、アメリカに逃れようとしていたのだ。三月初め、彼はアメリカに出発した。このスキャンダルはバウアー家を直撃した。心理的にも経済的にも、フェリーツェに重荷がのしかかった。こうした状況にあって、彼女がカフカとの結婚をそれまでとは違った観点で考え始めたことは推測できる。家族の苦悩やバウアー家に対する悪評から逃れるため、ベルリンを去るというのも彼女の選択肢のひとつだっただろう」(フェルディナントが「弟」と書かれていますが、実際には「兄」です)

たしかに、こういう出来事が起きていて、フェリーツェの心を悩ませていました。

しかし、カフカとの結婚を最終的に決めたのがこれだったというのは、どうでしょうか?

以前にも書いたように、フェリーツェの沈黙が、カフカを結婚まで導くためのものであったとしたら、ぎりぎりのところまでカフカを追い詰めて、そこでようやくOKをしたのは、見事としか言いようがありません。ここしかないというタイミングで釣り竿を上げています。これが、偶然の出来事によって起こりうることでしょうか？

毎日のように続いた手紙のやりとりによって、カフカについて熟知し、カフカを愛し、こうして無理に結婚させてあげるのが、当人にとっても幸せと思ったからこそ、できたことではないでしょうか。

カフカの母親とひそかにやりとりをしていたのも、タイミングをはかるためかもしれません。実際、この最後の期限を逃せば、もともこもなかったわけで。


しかし、本当のところはわかりません。

結婚したいのかしたくないのかわからないカフカに振り回され、一生懸命に返事を書いたり、もう書くことができなくなったり、結婚したいと思ったり、不安になったり、ただただフェリーツェも揺れ動いていただけなのかもしれません。

ついには、自分の意志で

4月12日と13日の復活祭に、カフカはベルリンに行き、そこで非公式の婚約が行われました。ついに、カフカとフェリーツェは婚約したのです！

ぼくがこんなにも断固たる態度で物事を行ったことは、
いまだかつてないでしょう。

1914年4月14日（30歳）グレーテへの手紙

ともかくも、自分の意志で、カフカは婚約したのです。

ここまでカフカを動かしたフェリーツェはすごいとしか言いようがありません。

5月には、フェリーツェと彼女の母親が、プラハのカフカ家を訪問します。そして、早くも新居探しが始まります。部屋はカフカの両親が決めて、仮契約までしました。

こうして具体的にことが進み始めると、カフカの結婚へのためらいも、また高まります。

両親がFとぼくのために、素敵な住まいを見つけてくれたらしい。
午後をまるまる、ぼくはむだにうろつき回って過ごした。
いったい両親は、
ぼくのためにあれこれ気を配って幸福な一生を過ごさせたあとで、

ぼくを墓穴に下ろすことまでするつもりなのか。

1914年5月6日（30歳）日記

新婚生活の新居を探しているのに、カフカに思い浮かぶのは墓穴なのでした。

両親の気配りも、カフカには自分の葬式の準備のようにしか感じられません。

「**素敵な住まい**」というのは皮肉も込めて書いているのでしょうが、両親にとっては素敵でも、カフカにとっては素敵ではないのです。あるいは、住まいは素敵でも、自分が素敵ではないのです。

正式の婚約で、ますます気持ちが揺らぐ

それでも、5月30日、ベルリンのバウアー家にカフカの両親もおもむき、ついに正式に婚約！　カフカは30歳、フェリーツェ・バウアーは26歳でした。

ベルリンから戻った後の日記です。


ベルリンから戻った。

まるで犯罪者のように縛られていた。
実際にぼくを鎖でつないで隅にすわらせ、
警官たちを前に立たせて、
そんなやり方で見せ物にしたとしても、
これほどひどくはなかっただろう。
しかも、これがぼくの婚約式だったのだ。

1914年6月6日（30歳）日記

同じ日に、グレーテにも手紙を書いています。婚約式には彼女も列席していました。

時々ぼくは、本当にわからなくなるのです。
今のような状態のぼくが、どうやって結婚の責任を負うことができるのか。
女性の堅実さの上に築かれる結婚？
それは斜めに傾いた建物になるでしょう。
倒れて壊れるだけでなく、土台まで大地から引っこ抜いてしまいます。

1914年6月6日（30歳）グレーテへの手紙

もはやすっかりマリッジブルーです。

確信をもって婚約したはずなのに、早くも傾いてしまっています。


新居の内装、家具調度の準備も始まります。

その頃、バウハウスの前身にあたる工房が開かれたところで、さすがはカフカというか、そこの家具が気に入っていました。しかし、フェリーツェは当時の普通の女性ですから、新婚家庭にはもっと普通に華やかな家具を揃えたいと思いました。

このときのことを、ずっと後にカフカはこんなふうに書いています。


一度据（す）え付けたら、二度と動かせそうもない、重い家具。

その堅実さこそ、あなたが最も重視するものです。

食器棚は、まるで墓石そのもの、あるいはプラハの役人生活の記念碑のようで、ぼくの胸を圧迫しました。

店で家具を見ていたときに、どこか遠くで、弔（とむら）いの鐘が鳴ったとしても、決して場違いではなかったでしょう。

大変な圧迫を感じていたことがわかります。墓に続いて、今度は葬式の鐘です。

グレーテへの情愛が高まる

結婚式も挙げることになり、１９１４年の9月と決まりました。人の結婚式に出るのさえ嫌がるカフカですから、自分が主役ともなれば、どれほど嫌だったかしれません。

「復活祭の婚約以来グレーテに対する彼の情愛が高まる。彼女がいなかったら彼は婚約を実現しなかったであろう。このことを彼は知っている。彼女はフェリーツェに対する勇気と距離を彼に与えたのであった。しかしここまで事が進んだ今、彼女は彼にとっていっそう欠かすことのできないものになる」「（フェリーツェとの）結婚は、彼がその場合彼女（グレーテ）をいっしょにして考えた時だけ完全であった」（カネッティ）

じつに不思議な状況になってきました。

結婚の重圧に押しつぶされそうなカフカは、グレーテにすがります。彼女に手紙を書き続けます。そこには、フェリーツェとの結婚に対する不安があふれています。

グレーテの心境も複雑です。

彼女はフェリーツェの友達であり、カフカとの間をとりもってくれるよう頼まれたのでした。フェリーツェとカフカが婚約して、彼女の使命は果たされました。

しかし一方で、彼女とカフカは、文通をしているのです。

手紙からは、カフカの愛が感じられます。彼女のほうも彼にひかれていました。

でも、カフカはフェリーツェと結婚します。その婚約式に自分も立ち会いました。

にもかかわらず、カフカの手紙は続きます。結婚してからも続きそうです。

これはいったいどういうことなのか？

フェリーツェへの罪悪感もあったでしょう。嫉妬もあったかもしれません。このままではいけないという気持ちもあったでしょう。どうしたらいいのかわからなかったかもしれません。

31歳の誕生日の警告

ともかくも、彼女は、カフカに手紙で警告します。２人によかれと思って、婚約の手助けをしたけれども、その責任にもう耐えられそうもないと。

それはまさにカフカの31歳の誕生日の７月３日に届きました。

カフカはその日のうちにすぐに返事を出します。

さあ、これでぼくはあなたを納得させたわけです、グレーテ。ぼくがFの婚約者ではなく、Fにとって危険な存在だと、あなたの目にも見えてきたわけです。

1914年7月3日（31歳）グレーテへの手紙

この結果、何が起きるか、カフカは予感していたでしょうか？

7月11日、カフカはベルリンに行きます。フェリーツェ、グレーテといっしょに短い休暇を過ごすつもりでした。

いつものホテル、アスカーニッシャー・ホーフに泊まります。「ホーフ」は「中庭」という意味ですが、別に「法廷」という意味もあります。

そして翌日、そのホテルの部屋はまさに法廷となったのでした。カフカを裁くための。

「ホテル内の法廷」と、カフカ自身も7月23日の日記に書いています。フェリーツェとグレーテがやってきました。フェリーツェの姉のエルナも連れていました。

3人の女性にカフカは囲まれます（これまではカフカの友人のエルンスト・ヴァイスも同席したと思われていましたが、最新の研究では、どうやら彼はいなかったようです）。

何事かと、カフカは思ったことでしょう。

グレーテは、カフカからのこれまでの手紙をフェリーツェに見せたのです。グレーテへの愛情と、フェリーツェとの結婚へのためらいがたっぷり詰まった手紙を。

カフカはそのことで断罪されます。

カフカは弁解せず、黙ったままでした。そのこともフェリーツェを怒らせます。

罪人のように「法廷」で裁かれて、婚約解消

こうして婚約は解消されたのでした。

非公式の婚約から約3カ月、正式な婚約から約2カ月です。

後に彼はグレーテへの手紙でこう書いています。

あなたはたしかに、アスカーニッシャー・ホーフで、
ぼくを裁く裁判官としてすわっていました。
——それはあなたにとっても、ぼくにとっても、
すべての人にとって、嫌なことでした——
しかし、ただそう見えただけで、
実際には、あなたの席にすわっていたのはぼくで、
今日までその席を離れていないのです。

1914年10月15日（31歳）グレーテへの手紙

このカフカの言葉は、何を意味しているのでしょうか。
婚約解消は、グレーテによって引き起こされたことだけれども、そう仕向けたのは、自分だということではないでしょうか。
カフカは婚約解消を願ってもいたはずです。

でも、同時に、カフカにとって婚約解消は大変なショックでもありました。

しかも、このように法廷で罪人のように裁かれたことは。

肉を食べるカフカ

カフカはそのまま旅に出ます。ドイツのトラーヴェミュンデ海水浴場へ行き、さらにエルンスト・ヴァイスらとともに、デンマークのバルト海の海水浴場マーリエリュストに。そのときの写真が残っています。

興味深いのは、そこから出された手紙の一節です。

ほとんど肉ばかり食べている。

1914年7月19日か20日（31歳）ブロートとフェーリクス・ヴェルチュへの手紙

あれほどかたくなに菜食主義をつらぬき、結婚したらずっと菜食になるとフェリーツェに告げていたにもかかわらず、婚約が解消されると、とたんに肉を食べているのです。

じつは、婚約解消になった当日にはもう、フェリーツェの姉のエルナといっしょに肉を食べに行っています。

食というものが、いかに精神的なものであるか、カフカの場合、あからさまなほどです。

第一次世界大戦が勃発

ドイツがロシアに宣戦布告した。――午後、水泳教室に。

１９１４年８月２日（31歳）日記

カフカがプラハに戻った数日後の7月28日、第一次世界大戦が勃発しました。

そして、8月12日か13日くらいから（１９１２年８月13日にフェリーツェと出会ってから、ちょうど2年です）、カフカは長編小説『訴訟』を書き始めます。

この『訴訟』は、「何も悪いことはしていないのに、ある日突然、逮捕されて、処刑される」というお話です。

カフカが亡くなった後、ナチスが台頭し、第二次世界大戦が起き、本当に「何も悪いことはしていないのに、ある日突然、逮捕されて、処刑される」という世の中になりました。

そのため、『訴訟』は先の時代を見抜いていた予言の書として、カフカの評価を世界的に高めることになりました。

それはやはり、第一次世界大戦を経験したことから、書かれたものなのでしょうか？

そうではありません。もしそうだとしたら、開戦からたった十数日で書き始められるというのは、いくらなんでも早すぎるでしょう。

また、カフカは戦争のような大きな出来事に目を向けるタイプではありません。カフカはあくまで日常を、しかも日常の細部を見つめるタイプです。

日記にも、戦争のことはあまり出てきません。「ドイツがロシアに宣戦布告した」という記述はありますが、その後で水泳教室に行くのがカフカなのです。

「第一次世界大戦中、カフカは奇妙な行動をとっている。つまり彼は、いかなる奇妙な行動もとらなかった。開戦とともに誰もがこれまでとはちがった感情に襲われ、これまでとはちがった言葉を口にした。ついぞなかった熱狂を示したり、にわかに愛国主義者になったりした。あるいは反戦家になった。戦況に一喜一憂し、勝利を称（たた）えながら、ひそかに不安を洩（も）らしたりした。トーマス・マンは『非政治人間の政治的考察』と題する長文の時局論文を発表した。ヘルマン・ヘッセは反戦のペンをとった。詩人リルケは『微力ながらの奉仕』の呼びかけに応じて戦時報道局に勤務した。そんな時代相にあって、カフカはまるきり戦争がないかのようにふるまった。いかなるきわだった行動もとらなかった点で、こ

のプラハの小官吏兼無名の作家の日常はきわだっていた」（池内紀）

なぜまた書けるようになったのか？

戦争がきっかけでなかったとしたら、書けなくなっていたカフカが、なぜ突然、書けるようになったのでしょうか？　役所の仕事は忙しかったのに、9月末までには『訴訟』を3分の2近くまで書き上げるほど、筆が進んでいます。

それはフェリーツェとの婚約解消が原因です。

フェリーツェとの出会いによって、たくさんの作品が生まれたように、フェリーツェとの別れによって、カフカはまた書く力を得たのです。

情緒不安定が創造力を高めるとしたら、恋の始まりのときだけでなく、失恋もまた大いに情緒不安定になります。カフカだけでなく、ゲーテも失恋の後に名作を書いています。有名な『若きウェルテルの悩み』も失恋の産物です。そういう作家は少なくありません。

カフカの場合は断罪されての婚約解消です。衝撃はなおさら大きなものがあります。

そこにさらに戦争の衝撃が加わったということでしょう。

失恋の衝撃と戦争の襲撃を同列に並べるのはおかしいと思うかもしれませんが、一般人の日常生活においては、そんなものではないでしょうか。カフカの場合はなおさらです。

戦争と結びついている考えは、さまざまな方向から侵食してきて、ぼくを苦しめるという点で、かつてのFについての心配と似ている。ぼくは心配に耐えることができない。多分ぼくは、心配で滅びるようにできているのだ。

1914年9月13日（31歳）日記

結婚するかしないかという問題はまた、自殺するかしないかという問題とも大きくかかわっています。

カフカの婚約と婚約解消をこうしてじっくり追っているのはそのためです。生きて、誰かとつながり、子供をつくって未来ともつながる。死んで、そこですべてを終わりにする。どちらにも誘惑があり、恐怖があります。

カフカだけでなく、多くの人がその間を揺れ動いているのかもしれません。

⑨ 2回目の婚約と婚約解消、そして……

「自殺」を考えた夜に舞いこんだ手紙

婚約を解消した、カフカとフェリーツェ。通常なら、ここで関係は終わるでしょう。しかし、１９１４年10月15日、婚約解消から約３カ月後、カフカはグレーテ・ブロッホからの手紙を受けとります。

その手紙は残っていませんが、カフカの返事から推察すると、グレーテは自分が原因となってフェリーツェとカフカの婚約が解消されたことを申し訳なく思い、あらためてフェリーツェとカフカの間をとりもとうとしたようです。

フェリーツェがカフカに手紙を書くだろうという予告も書かれていました。

手紙を受けとったカフカは動揺します。

わかっているのは、ぼくは独りで生きていくということだ。
それは確かだ。（そもそも、ぼくが生き続けるとしたらのことだが、それは不確かだ）
わからないのは、自分がFを好きなのかどうかだ。

１９１４年10月15日（31歳）日記

カフカはその日すぐにグレーテに返事を書きます。その冒頭には、昨夜の午前3時頃、ベッドに入ってから「自殺」を考えたということが書かれています。そこにあなたからの手紙がちょうど来たと。なかなかすごい書き出しです。

ぼくの手紙は譲歩（じょうほ）していないように見える。
しかしそれはただ、ぼくが、
譲歩することを恥じ、無責任だと思い、怖れたからで、
譲歩したくなかったからでは決してない。
それどころか、譲歩することしか望んでいなかった。

同前

フェリーツェを好きなのかどうかわからない、自分が独りでいるのはわかっている、と書きながら、そして譲歩しない感じの手紙を書きながら、もうその日にカフカは、大きく揺れてしまっています。

ぼくはこの2カ月間、Fといっさい連絡をとっていない。
(Eとの文通を通して以外には)
そうして、静かに暮らしてきた。
Fのことを思い描いても、
その姿はもはや生き返ることのない死人のようだった。
ところが今、彼女のそばに行く機会を与えられてみると、
彼女は再びすべての中心にいるのだ。

同前

Eというのは、フェリーツェの姉のエルナのことです。

カフカとフェリーツェが婚約を解消した後、カフカとエルナは文通をしていました。カフカの手紙は残っていませんが、エルナからの手紙は数通残っています。

グレーテの手紙が届いて、返信を書き、日記を書いた、この夜から、短編『流刑地にて』が書き始められます。そして3日間で書き上げられます。

グレーテの手紙が引き起こした動揺が、かえって書く力となったようです。

フェリーツェはなぜまたカフカに手紙を出したのか？

予告されたフェリーツェからの手紙が届きました。

そこには、こう書いてあったようです。カフカが自分の手紙で引用しています。

「わたしは情緒不安定になり、疲れ切り、自分の力の限界に達したと思いました」

1914年11月1日～2日（31歳）フェリーツェへの手紙

まったく無理もないでしょう。

カフカとのやりとりで、そうならないほうが不思議です。

それなのに、なぜまたフェリーツェは、自分からカフカに連絡してきたのでしょうか？

結婚をあせっていたとか、家から出たかったとか、そんな理由で、こんなにもつらい思いをさせられた相手に、また自分から手紙を出すでしょうか？

これは、まったくの私の推測にすぎませんが、カフカのような男性は他にいなかったからではないでしょうか。

困った人という意味でも他にいませんが、いい意味でも他にいなかったのでは。

現代でも、自分より優秀な女性を煙たがる男性は少なくありません。「ちょっとバカな女の子」とか「男を立てる女性」がモテるといった特集記事は今でもよく目にします。

フェリーツェの時代にはなおさらそうでしょう。キャリアウーマンがまだ珍しかった時代です。そんなときに、フェリーツェは高卒のタイピストからスタートして、重役にまで登り詰めるのです。大変な優秀さです。周囲の男性たちから、嫌な対応をされることもあったかもしれません。

前にも引用したように、エルンスト・ヴァイスが、「相手のベルリン女性はただ実務だけの人間であって、『時代の毒』にもっとも染まった女であり、生活をともにできるはずはない」（池内紀）と、フェリーツェをひどく嫌ったのも、まさにそういうことでしょう。

そういう男性たちの中にあって、カフカはまったくちがいます。働く女性であるフェリーツェを、その優秀さ、たくましさを、高く評価します。働いているから嫌とか、自分より優秀だから嫌とか、女性らしくないから嫌とか、そういうところはかけらもありません。

優秀なフェリーツェを、なんて素敵なんだと、心からの賞賛の目で見てくれるのです。

大量に書かれているカフカの日記や手紙の中に、「男として〇〇でなければ」とか「女なんだから〇〇でなければ」とか、そういうことはまったく出てきません。

書いてあることは気づきやすいですが、書いてないことは気づきにくいものです。私も今回、フェリーツェの気持ちを考えていて、初めてそのことに気づきました。


外見的にも、カフカは他の男性とまったくちがいます。

当時の男性はたいてい、大人になるとヒゲを生やしました。カフカの友人たちもみんなヒゲを生やしています。ブロートもです。

ところが、カフカは決してヒゲを生やしません。いつもきれいに剃っています。

そして、とても痩せていて、「**腕の筋肉は、ぼくにとってなんと縁遠い存在だろう**」と日記に書いているほどです。

いわゆるマッチョな男性とは、対極なのです。


男性社会で頑張っている少数の女性であるフェリーツェが、マッチョな男性たちと、彼らの女性に対する考え方に、うんざりしていたとしたら……。

そうしたら、カフカは、とても素敵に見えたのではないでしょうか？

別れた後に、周囲を見回してみても、他にはカフカのような男性は、とても見あたらなかったのではないでしょうか？


ぼくはありのままのあなたを愛していた。

同前

このカフカの言葉に、ウソはないでしょう。そのことはフェリーツェもわかっていたでしょう。

だからこそ、フェリーツェもまた、ありのままの困ったカフカを、愛そうとしたのではないでしょうか。

いったんは力尽きてしまったけれども、それでも、もう一度、あらためて。

フェリーツェの父の死

ところが、11月5日、フェリーツェの父が心臓麻痺で死亡します。

他にもさまざまな心労があったとはいえ、カフカとフェリーツェのこともまた、フェリーツェの父にとっては大きな気がかりであったことでしょう。
カフカは、自分がフェリーツェの家庭を破壊したと感じます。

破滅だけをもたらしている。
ぼくはFを不幸にし、
今や彼女をこれほど必要としている人たちの抵抗力を弱め、
父親の死に手を貸し、
FとEを仲たがいさせ、ついにEも不幸にした。
いろいろなことから予測してほぼ間違いなく、この不幸はなおも進んでいくだろう。
ぼくは馬車を引く馬のように、その不幸の前につながれて、
引っぱって行くように定められているのだ。

1914年12月5日（31歳）日記

エルナとの文通は、フェリーツェとエルナの仲たがいも生じさせていたと、カフカは思っていたようです。

帰り道で、マックスに言った。
ぼくは臨終の床で、
もし苦痛がそれほどひどくなければ、
非常に満足していられるだろうと。

1914年12月13日（31歳）日記

フェリーツェとの文通は再開しましたが、カフカの心には、救いとしての死のイメージが何度もわきあがってきます。

ここでぼくが嘆いているのは、ここに救いを見出すためなのか？
救いはこのノートからはやってこないだろう。
それはぼくがベッドにいるときにやってきて、
ぼくをあおむけに寝かせるだろう。
ぼくは美しく、軽やかに、青白い顔をして横たわるのだ。
それ以外の救いはやってこないだろう。

1914年12月26日（31歳）日記

「**ここ**」「**このノート**」というのは、日記のことです。

そして、続けて書かれている「**救い**」は、死のことです。

『訴訟』の原稿は、だんだん書けなくなり、ついに中断され、そのまま未完となります。

半年ぶりの再会

そのすぐ後に、カフカとフェリーツェは、ドイツとボヘミアの国境の町ボーデンバッハで会います。

1915年1月23日から24日の2日間です。約半年ぶりの再会です。

しかし、これは気まずい雰囲気のままで終始したようです。


Fとボーデンバッハにて。

ぼくたちがいつかひとつになることは、ありえないと思う。

だがそのことを、彼女にも、いざというとき自分自身にも、
思い切って言う勇気はない。

Fが言った。「こうして一緒にいて、わたしたちはなんてお行儀がいいんでしょう」
ぼくは黙っていた。
この彼女の感嘆の間だけ、何も聞こえなくなっていたかのように。
2時間というもの、ぼくたちは部屋にふたりきりだった。
ぼくをとりまいているのは、ただ所在なさと不毛感だけ。
ぼくたちはまだお互いに、ほんの一瞬でも、いい時を過ごしていない。
ぼくが自由に呼吸できるような時を。

愛する女性とつきあうことの甘美さを、
ぼくはFに対して、手紙の中でのほかは感じたことがなかった。

1915年1月24日（31歳）日記

カフカはこのときに『掟の門』という短編（『訴訟』の一部でもあります）を、フェリー

ツェに朗読します。そのとき、フェリーツェは、「**熱心に聞き入り**」そして「**するどい観察**」を見せたそうです。

それはそうでしょう。『掟の門』というのは、自分ための門でありながら、そこに入ることができずに、その門の前で死ぬ男の話なのです。

フェリーツェとの結婚を願いながら、決して結婚しようとしないカフカを、フェリーツェはこの物語にきっと重ね合わせたことでしょう。

カフカ、精神病院を建てる

カフカはこの後、『ブルームフェルト、ある中年の独身男』という短編を書きますが、その後は、翌年の12月までの19カ月間、ずっと作品が書けなくなります。

それはフェリーツェとの関係がうまくいかないことだけが原因ではありません。

徴兵されなかったカフカにも、さまざまなかたちで戦争の影響が及んできていました。

まず、1914年の8月のことですが、カフカは初めて家を出ることになります。

いちばん上の妹のエリの夫が出征したために、エリがふたりの子供を連れて実家に戻ることになり、カフカは自分の部屋を明け渡したのです。

カフカは、2番目の妹のヴァリのアパートに住みました。ヴァリの夫も出征し、ヴァリと子供は夫の実家に行って、部屋が空いていたからです。

その後、ヴァリが戻ってきたので、今度は、エリのアパートに移ります。これが9月のことで、グレーテやフェリーツェから手紙が来たときには、そこに住んでいました。

カフカは「子供は親元をなるべく早く離れるべき」という考えを持っていて、自分の妹たちにも子供を早く巣立ちさせるように忠告しています。でも、自分はというと、就職しても、ずっと親と同居していました。

ついに初めて家を出たのは、自分の意志によってではなく、やむをえない事情で、家にいられなくなったからでした。

しかも、食事は実家に戻って食べていました。


そして、義弟たちが出征したことで、父と義弟のアスベスト工場をカフカが監督するしかなくなりました。

「原料不足から生産はとうに中止されていたが、清算書類の発行や債権者との交渉などの仕事が残っており、そのためにカフカは貴重な午後の時間を費さねばならなかった」（パ

ーヴェル）

ただでさえ、窓から飛び下りそうになったこともあるほど悩んだ工場の問題が、これまで以上にのしかかってきたのです。

勤め先の労働者災害保険局のほうも、1915年から新たに戦争障害者福祉事業を行うことになり、これをカフカが担当することになります。

戦場で多くの人たちがケガをし、病気になり、とりかえしのつかない障害を負って戻ってきました。

「約五千名の手足を失った人々の中で、更に二千人以上が重い結核を病んでいた。こうした病者に対して、政府から支給される資金は生き延びるのにさえ足りぬ程度でしかなかった。それゆえ保険局は広く基金を呼びかけ、その収入で傷害者に義肢を贈り、医者にかからせ、社会復帰のための学習機会を設けるべく活動した」（同書）

こうした仕事に、カフカが不熱心でいられたはずがありません。

戦場で精神を病んで戻ってくる人たちもたくさんいました。

しかし、精神病院はプラハにひとつあるだけで、まるで足りませんでした。

「ノイローゼのエキスパートたるカフカに、こうした新しい種類の障害者たちの世話や、配慮が任されたのは、全くの偶然とは言えないかもしれない。彼は課された義務以上の働きをし、治療機関の拡充を求める有志の会にも加わる。カフカは寄付金募集のためのアピール文書も起草している」（同書）

この運動は後に実を結んで、新しい精神病院が開設されました。「在郷軍人会は、その功績のゆえにカフカにある勲章を授けるよう提案した。しかし戦争終結とハプスブルク帝国崩壊のために、勲章授与に必要な役所の措置はとられずじまいで、カフカが勲章をもらうことはなかった」（同書）

カフカの家の近所に住んでいた少女が、カフカとの思い出話を書いているのですが、その中にこんなエピソードがあります。まだカフカが大学生のときのことです。あるとき、いっしょに散歩をしていると、カフカが「ぼくはいつか精神病院で生涯を終えるでしょう」とつぶやいたというのです。

実際にはそうはならず、カフカは精神病院を建てることになったわけです。

兵士になりたがるという自殺願望

こうしてカフカは戦争によって多忙となり、心労も重なっていました。そして、戦争障害者を日々、目にしているだけに、自分が兵役を免除されていることへの罪悪感もつのってきます。

勤めから、工場から、プラハから、結婚問題から、何もかもから逃げ出したい気持ちも強まっていきます。

そしてついに、兵士として戦場に送られることを願うようになります。フェリーツェへの手紙にもそのことを書きます。

しかし、これはもちろん本気ではありません。本気でやるつもりのないことを本気で語るのは、カフカにはよくあることです。

人に向けて銃弾を発射するようなことが、カフカにできるはずもありません。隣りの部屋のわずかな物音でも苦しむ人間が、戦場の爆音にどうやって耐えられるでしょう。

兵士になりたいというのはつまり、追い詰められた人間が「死にたい」と口にしてみるのと同じことでしょう。一種の自殺願望とも言えるかもしれません。

カフカは1915年の6月に徴兵検査を受けて、合格しますが、上司が「職場に不可欠」と申請してくれて、兵役免除になります。

マリーエンバートの奇蹟

カフカとフェリーツェの関係は、もうどうにもなりそうにありませんでした。ボーデンバッハ以降も、二度ほど会っているのですが、関係は進展しませんでした。フェリーツェへの手紙の回数さえ減っていき、内容も簡潔になっていきます。

ところが、思いがけないことが起きます。

1916年の7月3日（カフカの33歳の誕生日）から10日間、カフカとフェリーツェはマリーエンバートでいっしょに過ごします。

マリーエンバートは有名な温泉保養地です。ゲーテの『マリーエンバートの悲歌』、映画『去年マリエンバートで』などで、名前をご存知の方もおられるでしょう。

カフカは5月に仕事でマリーエンバートを訪れ、ここがすっかり気に入りました。

カフカはこの頃、フェリーツェから会いたいと言われても、何度も断っていたのですが、マリーエンバートで会うことは承知しました。

最初の数日は、いつも通りでした。いつも通りに、絶望的でした。
いつもながらの絶望の第一夜だった。

1916年7月5日（33歳）ブロートへのハガキ

いっしょに生活することの苦しみ。
疎外感、同情、肉欲、臆病、虚栄心が、そういう生活を強いるのだ。
そしてただ、奥深い底のところに、
愛と呼ばれるに値する、浅く細い川がおそらく流れていて、
探し求めても近づくことはできず、
いつかあるとき、一瞬の刹那(せつな)に、きらめくだけなのだ。

1916年7月5日（33歳）日記

不幸な夜。
Fとともに生きることはできない。
誰かといっしょに暮らすことは耐えがたいが、

残念なのは、そのことではなく、
独りではない生活ができないということだ。

また振り出しに戻るのだ。
つまり、不眠、頭痛、高い窓から身を投げる。
でも、下は雨に濡れてやわらかくなった地面だ。
落ちても死にはしないだろう。
目を閉じて、いつまでも転げ回り、
目を開けた、誰かの視線にさらされる。

1916年7月6日（33歳）日記

8日はうっとうしい天気でした。それでもカフカとフェリーツェは、マリーエンバート近郊のテープルという、景色のいい町まで出かけます。
すると、だんだん天気がよくなって、素晴らしく気持ちのいい日になりました。
「これが転機となった」（カネッティ）

ひとりの女性の信頼のまなざしを見て、
ぼくは自分を閉ざしておくことができなかった。

いまや事態は好転した。

ぼくたちの契約は、手短に言うと、
戦争が終わり次第、結婚する。

ベルリンの郊外に、2つか3つの部屋を借りる。

経済上のことだけは、それぞれ自分で自分の面倒をみる。

Fはこれまで通り仕事を続けるだろう。

そしてぼくは、このぼくのほうは、まだ何とも言えない。

もっとも、どんな生活になるか具体的に思い描いてみるなら、
カールスホルストかどこかの2つの部屋の光景が目に浮かんでくる。

一方の部屋で、Fは朝早く起きて出かけて行き、晩は疲れてベッドに倒れ込んでしまう。

もうひとつの部屋にはソファーがあって、ぼくが横になり、牛乳と蜂蜜で生きている。


いまやそこには、安らぎとたしかさがあり、

したがって、生きる可能性がある。
テープルの朝以来、晴れやかで爽やかな日々がつづいた。
もうとても体験できないと思ったほどの日々だった。
こうしたことは、まったく異例で、あまりに異例なものだから、
同時にぼくはひどく怖くなったほどだった。

1916年7月12日〜14日（33歳）ブロートへの手紙

大変な心境の変化です。

マリーエンバートという環境の素晴らしさ、テープルの景色の美しさ、気持ちのいい天気、それらが間違いなく影響しているでしょう。

心や身体の弱い人間というのは、環境に左右されやすいものです。

外からの影響を受けやすく（影響をはじき返したり、外界と関係なく自分を保つ力がないので）、しかも感じやすいためです。

同じ人生の嵐に立ち向かうにも、生まれながらに合羽を身につけている人もいれば、薄着1枚で、たちまち雨に濡れて、風に震える人もいるのです。

もちろん、環境の影響だけではありません。このカフカの手紙の内容からもうかがえるように、フェリーツェはかなり譲歩（じょうほ）をしたようです。

「**ベルリンの郊外に、2つか3つの部屋を借りる**」

フェリーツェはもともとは、プラハで家庭を持つことを願っていました。そこにはカフカの職場があり、工場があるからです。

「**経済上のことだけは、それぞれ自分で自分の面倒をみる**」

これは今ではごく普通のことに聞こえますが、当時としては、かなり特殊です。フェリーツェは、結婚したら、仕事を辞めて、母親になるつもりでした。

このことはおそらく、母親になることをあきらめるという意味も含んでいます。

「**もうひとつの部屋にはソファーがあって、ぼくが横になり、牛乳と蜂蜜で生きている**」

カフカは仕事に行っていないようです。安定した仕事を捨てて、作家として身を立てたいということでしょう。

フェリーツェは、当時の女性としてはごく普通の結婚の夢を抱いていました。家具調度のそろった快適な家で、主婦となり、母となる。夫は外で働いて稼いでくる。しかし、そういう人並みの幸せを捨てても、カフカを選んだわけです。

カフカの要求は、現代ではとくに奇妙にも感じられなくなっています。むしろ、この条件を喜ぶ女性も少なくないでしょう。カフカは進みすぎていたということでしょうか。

譲歩するカフカ

マリーエンバートでの8日からの残りの5日間は、幸福な日々でした。これまでの2人にはなかった日々でした。

「彼らの五年間に割り振ると一年にただの一日ということになる」（カネッティ）

13日にフェリーツェは帰ります。カフカはひとり残って、24日まで滞在しました。20日のフェリーツェへの手紙でカフカは、自分が前日に食べたものを報告しています。そこには、蜂蜜、牛乳、サラダ、サクランボといった、いかにもカフカらしいものに混じって、びっくりする食べ物が書いてあります。「**カイザーフライシュ**」です。オーストリアのベーコンです。つまり、肉です。カフカが肉を食べているのです！　そして、そのことをフェリーツェにさりげなく報告しているのです。

カフカは、結婚したら自分たちの食卓には肉は登場しないということを、何度もフェリーツェに言っています。それなのに、ここで肉を少しだけ食べてみせたのです。

これは、さまざまな譲歩（じょうほ）をしてくれたフェリーツェに対する、カフカの譲歩であったのかもしれません。

また、それ以上に、カフカの自然な心の動きであったのでしょう。カフカは自分を守ろうとするときほど、肉から遠ざかります。ですからこれは、フェリーツェに対して少し警戒を解いたということです。

ぼくの最愛の人。
マリーエンバートでは、あなたと、大きな森のおかげで、ぼくは自分の内に安らぎを感じ、外からも安らぎを与えていただきました。
戻ってから４日たちますが、まだなにか、安らぎの名残りを感じます。

１９１６年７月28日（33歳）フェリーツェへのハガキ

何年も後になってさえ、カフカは日記に「**ぼくはマリーエンバートで2週間、幸福だった**」と書いています。カフカにとっては、本当に珍しい2週間だったと言えます。

ついに本格的な自立

子供はなるべく早く家を出るべきというカフカの考え方に感化されたオットラが、1917年4月に、ついに家を出ます。行き先は、これもまた、人間は自然の中で生きるべきというカフカの考え方に感化され、チューラウという小さな村の農場でした。

兄のほうは、家を出ることも自然の中で生きることも、まだちゃんと実行したことはありませんでしたが、ついに気に入った部屋を見つけて、借りることができました。シェーンボルン宮殿の中の、かつては大貴族の召使いが使っていた部屋です。その美しさと、庭の景観と、静かであることがカフカの気に入ります。

カフカはこの部屋を借りられたことを、有頂天になってフェリーツェにも報告しています。そして、フェリーツェもここに数カ月住んではどうかとさえ誘っています。

といっても、この部屋には浴室も台所もないのでした。フェリーツェが断ると思うからこそ、安心して誘えたのかもしれません。

ともかくも、親の家を出て、妹たちともかかわりのない部屋で、ついに本格的に自立を目指したわけです。カフカにとっては画期的なことでした。

二度目の婚約

1917年7月、フェリーツェがプラハにやってきて、二度目の正式な婚約をします。

ブロートがこのときのことを書いています。

「滑稽なことに二人は私のところにも正式訪問を行なった（一九一七年七月九日）。――いいかげんどぎまぎした二人の様子、特に並はずれて高い立襟カラーをつけたフランツの恰好には、涙ぐましいところと凄惨（せいさん）なところがまじり合っていた」


ぼくは職を捨てるつもりです。

（職を捨てることこそ、そもそもぼくのいちばん強い希望です）

そして結婚し、プラハを引き払い、おそらくベルリンに行きます。


1917年7月27日（34歳）クルト・ヴォルフへの手紙

出版社のクルト・ヴォルフに、戦争が終わった後のこととして、こう書いています。

しかし、決定的な出来事が起きてしまいます！

真夜中の喀血

フェリーツェと出会ったのは１９１２年の８月13日でした。

その５年後の１９１７年８月13日の午前４時か５時くらいに（カフカは手紙によって４時頃と書いたり５時頃と書いたりしています）、シェーンボルン宮殿の部屋で、カフカは喀血（かっけつ）します。

約３年後に、そのときのことを詳しく書いています。

ほぼ3年前ですが、真夜中の喀血がことの始まりでした。
新しい出来事が起きたのですから、
ぼくも人並みに興奮し、もちろん多少は驚いてもいました。
ベッドから起き上がって、

窓辺に行って身をのり出したり、洗面台のところに行ったり、
部屋中を歩き回ったり、ベッドの上にすわってみたりしました。
血はさっぱり止まりません。
でも、ぼくはぜんぜん悲しんでいませんでした。
というのも、3、4年の間、ずっと不眠が続いていましたが、
喀血が止まりさえすれば、ようやく眠れるようになるだろうと、
ある理由から、だんだんわかってきていたからです。
実際、喀血は止まって、ぼくはその夜の残りを眠りました。
朝になって使用人が来て、
これは善良で、献身的ではあったものの、まるで飾り気のない娘でしたが、
血を見るとこう言いました。
「もう長いことはありませんね」
しかしそれでも、私自身はいつもより調子がよく、
仕事に行ってから、午後になってはじめて医者に行きました。

1920年5月5日頃（36歳）ミレナへの手紙

カフカは10日以上、このことを誰にも言いませんでした。8月24日になってようやく、まずブロートに打ち明けます。ブロートは驚いて、専門医に診てもらうようすすめますが、カフカはなかなか言うことを聞きません。

さらに10日以上たった「九月四日になって初めて、フランツは私の言うことを聞いて医者の診察を受けた。そういった方面のことでは信じられないほど頑固で、彼を正しく取り扱うには非常な忍耐と辛抱を必要とした。(中略) 肺尖(はいせん)カタルと診断される。三ヵ月の休暇が必要。結核の危険がある。なんということだ」(ブロート)

次に病気のことを打ち明けたのは、妹のオットラです。

まだ専門医に診てもらう前の8月29日ですが、おそらく結核だろうと伝えています。

そして、シェーンボルン宮殿の部屋を解約したと書いています。

シェーンボルン宮殿に住んだのは約半年。あまりにも短い独立でした。両親の家を出て自立したとたん、血を吐いて、たちまち戻ることになってしまったのです。

オットラ、そういうわけで、引っ越しだ。
最後に宮殿の窓を閉め、ドアに鍵をかけた。

それはなんて、死ぬことに似ているんだろう。

1917年9月2日（34歳）オットラへの手紙

心の病気が岸辺からあふれ出た

シェーンボルン宮殿の部屋を出たのは、この部屋自体が病気になった原因とも考えられたからです。日あたりがよくなくていつも薄暗く、湿気がこもって、悪臭が漂っていました。そしてなにより、寒かったのです。戦争中で、暖房のための石炭を手に入れるのも難しく、ストーブまで冷えきっていました。

カゼをひくことさえめったになかったカフカが、結核にかかってしまった原因は、他にもいくつか考えられます。

極端に節制している食事のせいで、栄養不足でもあったでしょう。自然志向のカフカは、加工されていない、しぼりたての牛乳を飲んでいました。つまり、殺菌されていない牛乳です。これが感染の原因という説もあります。

仕事の心労もそうとうなものだったでしょう。

そしてなんといっても、結婚問題で深く悩んでいたということが大きいでしょう。「彼はプラハから彼女に二通の手紙を書いた。それは書簡集に含まれていない。その中で彼はおそらく相当突き進んだところまで行ったらしい。彼は今では実際に決裂を決心していたのであるが、自力でそれができる自信がなかった時、彼女に二つ目の手紙を書いた二日後（中略）彼の大喀血が起こった」（カネッティ）

カフカ自身も、心理的な病気だと考えていました。後にこう書いています。


ぼくの病気は、心の病気です。

肺の病気は、この心の病気が岸辺からあふれ出たものにすぎません。


1920年5月31日（36歳）ミレナへの手紙

脳が、自分に課せられた心労と苦痛に耐えかねて、言ったのです。

「オレはもうダメだ。誰かどうかこの重荷を少し引き受けてくれないか」

そこで肺が志願したというわけです。

ぼくの知らないうちに行われた、この脳と肺の闇取引は、
おそろしいものであったかもしれません。

病気という敗北と救い

１９２０年５月５日頃（36歳）ミレナへの手紙

カフカはこれまで、病気にならないように、とても気をつかってきました。健康にいいものを食べ、肉食を避け、裸で体操をして、乾布摩擦をして、冬の寒いときでも、新鮮な空気を吸うために窓を開けていました。

食べ物や空気という、外から身体の中に入ってくるものに、とても注意していたわけです。そして、皮膚という外と内の境界を丈夫にしようと努めていたのです。

それなのに、病気になってしまったのです。

どんなに絶望したことかと思ったら、いつもはすぐに絶望するカフカが、このときは絶望していません。それどころか、救いを感じています。

あの午前4時以降、まるで戦いが終わったかのように、よく眠れる。

非常によくとは言えないまでも。

何より、以前はどうしようもなかった頭痛が、すっかりおさまった。

1917年8月29日（34歳）オットラへの手紙

カフカは、仕事を辞めたいとずっと願いながら、それができずにいました。

でも、病気なら、もう働くことはできません。

父親の目から見て立派な人間になることを期待されてきました。

でも、病気なら、もうそんな圧力をかけられることもなくなります。

結婚するか、結婚しないかの2択に、ずっと悩み続けてきました。

どちらかを選ぶしかないのに、どちらも選べずにいました。

でも、病気なら、もう選ぶことはできません。結婚は無理になったのです。

まさに「**戦いが終わった**」のです。

病気によって、現実のもろもろの問題がすべて棚上げになったのです。

すべての肩の荷が下りて、すべての悩みの種がなくなって、カフカはほっとしたのでしょう。あれほどしつこかった不眠と頭痛がきれいに消えてしまいます。

ブロートも日記に書いています。

「彼は病気を心理的なものだと言う、いわば彼を結婚から救うものだ。決定的な敗北だと彼は称する。しかし、それ以来彼はよく眠る。解放されたのだろうか」

フェリーツェが30時間かけて会いにくる

病気のことをフェリーツェに知らせたのは、喀血から1カ月近くもたってからでした。

この前のぼくの手紙の2日後、つまり、ちょうど4週間前、午前5時頃に、ぼくは肺から喀血(かっけつ)しました。

1917年9月7日（34歳）フェリーツェへの手紙

そして、カフカはオットラのいる農村チューラウに療養に行きます。

医師はサナトリウムをすすめたのですが、健康なうちはあれほどサナトリウムに行っていたカフカが、本当に病気になったときにはサナトリウムを拒否します。「結核療養所に行くこと――それに対してフランツは全力を挙げてさからった」（ブロート）

カフカは9月12日にプラハを出発しました。

ブロートがその日の日記に書いています。「カフカと別れる。悲しい。今度のように長いあいだフランツから離れて暮すことは、この数年来、なかったことだ。彼自身もうFと結婚はできないだろうと考えている、病身のせいだ」

約1週間後の9月20日、フェリーツェがチューラウを訪れます。


Fがここへきていた。

ぼくに会うために、30時間も汽車に乗ってきたのだ。

そんなことはさせてはいけなかったのに。

彼女は見るからに、極度の不幸を背負っている。

それは根本的にぼくのせいだ。


彼女は罪もないのに苛酷（かこく）な拷問（ごうもん）刑を宣告された囚人（しゅうじん）だ。

ぼくが不正を働いたために、彼女は拷問にかけられているのだ。

そのうえ、ぼくは拷問者の役までつとめている。

1917年9月21日（34歳）日記

Fとの会話の概要。
ぼく：こんなことになったのは、ぼくのせいだ。
F：わたしのせいよ。
ぼく：きみにそうさせたのは、ぼくだ。
F：それはその通りね。

1917年9月28日（34歳）日記

最後のクリスマス

1917年のクリスマスに、カフカとフェリーツェはプラハで会いました。「フェリーツェはその時カフカに、私はあなたを見捨てない、と言った。これに対してカフカはフェリーツェに、自分はあなたの犠牲を受け入れるわけにはいかない、自分の罪の重さをこれ以上ふやすことは全く考えていない、自分は決して結婚しないだろう、あなたとも、他の誰とも、と語った」（パーヴェル）

ブロートは「彼の決心は驚くほどかたい」「彼はきのうFにすべてをはっきり言ってし

まったのだ」と12月26日の日記に書いています。

そして、翌27日の午前、フェリーツェはベルリンに戻りました。

これが最後の別れとなりました。ふたりはもう二度と会うことはありませんでした。

駅でフェリーツェの乗った汽車が去って行くのを見送ったカフカは、いったいどんな心境だったでしょう？

ブロートがその日のことを記しています。

「フランツは私の事務所に立ち寄った。ちょっと休ませてくれ、と彼は言った。Fを駅まで送って来たところだった。彼の顔は蒼白で硬くこわばっている。かと思うと、たちまち彼はおいおい泣きだした。天にも地にも私が彼の泣くのを見たのはこのときだけだ。私はその光景をけっして忘れないだろう、あんな恐ろしい光景に出会ったことはない」

「泣きじゃくりながらこう言った、『こんなことになるなんて、恐ろしいことだね、君。』涙は頰をつたって流れた。このときを除いては、カフカが自制心を失って取り乱したところを私はついぞ見たことがない」

カフカは、オットラにも手紙を書いています。

彼女との最後の朝、
ぼくは泣いたよ。
子供の頃から今までに流した涙より、
もっとたくさんの涙が出たよ。

1917年12月28日（34歳）オットラへの手紙

人生の大きな区切り

カフカは病気になりました。

健康なときには、放っておけば生きているわけで、死ぬためには自殺する必要がありま す。

しかし、病気になったことで、放っておけば死ぬわけで、生きるためには努力しなければならなくなりました。

こうした状況では、自殺の意味合いも、それまでとは変わってきます。

そこで、カフカの人生を追うのは、ここまでにしたいと思います。

秘密を秘密のままに、なんとなく理解する

なぜカフカは自殺しなかったのか？

ここまでカフカの人生を追ってきて、その秘密が、秘密のままに、なんとなく理解できるものになってきたのではないでしょうか。

そのことについて、ここであらためて解説するようなことは、やめておこうと思います。簡単に要約できることなら、はじめからそうすればいいわけで、こんなに長々とカフカの人生を見つめる必要もありません。

また、先に述べた「言語隠蔽（げんごいんぺい）」の危険性もあります。

へたに言葉にしてしまえば、言葉にできたことしか残らず、肝心なものが消え失せてしまいます。次のカフカの言葉を忘れてはならないでしょう。

書かれたものは、その自律性によって、
また、かたちとなったものの圧倒的な力によって、

ただのありふれた感情に取って代わってしまう。
そのさい、本当の感情は消え失せ、
書かれたものが無価値だとわかっても、すでに手遅れなのだ。

決して飛び越えない

とはいえ、何も書かないのも、どうかと思いますので、言葉にできることだけは、少し書いておこうと思います（簡単には言葉にできないことのほうが多く、しかもそちらのほうが大切なのは、もちろんのこととして）。

また、これはあくまで私の考えにすぎません。まったくちがうことを思い、感じた方もおられることでしょう。それはぜひ大切にしていただきたいと思います。

私が思うのは、カフカは決して「飛び越えない」ということです。
本を出したいけれど、出したくない。
結婚したいけど、結婚したくない。
迷ったとき人は、迷う苦しさから逃れたいということもあって、最後はえいやっと、どちらかに決めてしまうものです。向こう側に飛び越えるのです。

そして、後悔したり、後悔しなかったり、後悔してもこれでよかったのだと自分に言い聞かせたりします。

しかし、カフカは決して飛び越えません。永遠に迷い続けます。

それは優柔不断とも言えます。しかし、妥協しない徹底さとも言えます。

決断できない弱さであり、決断しない強さです。

永遠に迷い続けるとどうなるのか？　その答えがカフカです。

肝心なのは綿飴

自殺についても、そういうことなのではないでしょうか？

自殺したいけど、自殺したくない。

ずっとその葛藤状態のままで、ついに最後まで飛び越えなかったのではないでしょうか。

と言ってしまうと、ひどく図式的ですが、これはいわば綿飴（わたあめ）の割り箸のようなもので、そこにさまざまな思いがたっぷりからまっていて、その綿飴こそが肝心なのだと思います。

「向かって進みたいと思うすべての目標が数知れぬ疑念によって近づくかわりに遠ざかるその彼」というカネッティの言葉は、カフカを表す、じつに見事な表現だと思います。

曖昧

自殺したいけど、自殺したくない、という葛藤の中で生きているのは、誰でも同じだと思います。

ただ、カフカはそれを徹底しています。自殺のきわまで進み、そこから戻ってまた生きて、でも生きられないと思って、また自殺のきわまで戻る……。そういう行ったり来たりをずっとくり返しています。

徹底していて、永遠だからこそ、そこに不思議な美しさがあります。

たとえば自殺未遂という行為に対して、「本当に死にたかったけど失敗したのか」「本当は死ぬつもりはなかったのか」という白黒を、人はつけたがるものです。

しかし、本当に白黒がつくものでしょうか？

人生の多くのことは、白と黒の間にあります。じつに曖昧なグレーゾーンこそ、私たちが息をしている場所ではないでしょうか。

矛盾

自殺したいけど、自殺したくない、というのは矛盾しています。
しかし、私たちの気持ちというのは、たいてい矛盾しているものではないでしょうか。好きで嫌いだったり、会いたくて会いたくなかったり、忘れたくて忘れたくなかったりします。それはおかしなことではなく、それこそが真情というものでしょう。

私たちは、曖昧さを嫌い、矛盾を嫌います。
だから、えいやっと飛び越えようとします。
それがときには自殺するということでもあるでしょう。

しかし、曖昧さや矛盾は、本当にいけないものでしょうか？
そこにとどまることでこそ、生き続けられるということもあるのではないでしょうか。

カフカはこう書いています。

なんらかの矛盾のなかでのみ、
ぼくは生きることができる。
もっとも、これは誰でもそうなのだろう。
人は、生きながら死んでいき、
死にながら生きていくのだから。

「決断しなかった人」の人生

「決断した人」の人生について知ることも、もちろん私たちの人生にとって大いに参考になります。

しかし、「決断しなかった人」の人生について知ることも、また私たちの人生に大いに参考になると、私はカフカの人生を追っていて思いました。

みなさんは、どう思われたでしょうか？

3人のその後・ブロート

ブロート、フェリーツェ、カフカのその後について、簡単にご紹介しておきましょう。

ブロートは、カフカが亡くなった後、遺稿を出版するために奔走しました。そして、生涯、カフカの紹介者として力を尽くしました。

カフカはブロートへの遺書に「遺稿はすべて焼却するように」と書いていました。しかしブロートは、生前のカフカが本を出したがらず、しかしけっきょくは自分の説得で出していたことなどから、焼いたりはしませんでした。カフカの遺書を公開し、「カフカは焼却するように遺言した」というただし書きつきで、カフカの遺稿を出版しました。友達の遺言を裏切った男として非難されることを覚悟の上での、このうえなく友達思いの誠実な行為であったと、私は思います。

遺稿の出版の印税も、カフカの病気治療のために多額の借金ができていたカフカの両親と、カフカの最期を看取った恋人に分けて、自分はまったくとっていません。

カフカの死後、ナチスが台頭し、ユダヤ人の迫害が始まります。ブロートはナチスがプラハに侵攻してくる、その前夜に、カフカの遺稿をトランクに詰め込んで脱出します。まさに危機一髪でした。カフカの作品はナチスの「有害図書」のリストに入っていたので、もし見つかっていたら焼却されていたでしょう。

ブロートはパレスチナに移住し、84歳まで長生きしました。

3人のその後・フェリーツェ

フェリーツェは、カフカと別れた後、裕福な銀行員と結婚し、2人の子供に恵まれます。しかしカフカからの手紙を捨てることはありませんでした。

ナチスから逃れて、スイスへ亡命し、さらにアメリカへ渡ったときにも、500通以上の手紙をすべて持って逃げています。当時、カフカはまだ無名ですから、作家の遺稿としての価値はありません。彼女個人にとって、大切なものだったのです。

彼女は、カフカとの思い出を誰にも語りませんでした。自分の子供たちにさえ話したことがありませんでした。自分の胸にだけ秘めていました。

しかし、カフカが有名になるにつれて、カフカの手紙を売ってほしいと出版社から頼まれるようになります。彼女は断り続けます。

彼女の夫は、アメリカに渡った1年後に亡くなっています。その後は彼女が働いて、二人の子供を育てていました。しかし、病気で倒れてしまいます。そして治療代がかさんでいきます。そのとき、仕方なく、ついに彼女はカフカの手紙を売却するのです。

そのおかげで、私たちは『フェリーツェへの手紙』を読めるのですが……。

フェリーツェは、アメリカで72歳の生涯を終えます。

3人のその後・カフカ

カフカは、フェリーツェと別れた後、ユーリエという女性と婚約しますが、また解消しています。

その後、ドーラという女性と出会いますが、病気が重くなり、療養所で彼女に看病してもらうことになります。

カフカは結核がのどにひろがり、食べることも、飲むことも、しゃべることも難しくなります。ブロートがドーラから聞いた話を記録しています。「フランツは、チアスニ教授に（病気がすでに最後の段階にはいってから）咽喉(のど)のぐあいがすこしいいようだと言われて、嬉しなきに泣いたのよ。あの人、わたしをなんどもなんども抱きしめて、『今ぐらい生命(いのち)と健康のほしかったことはない。』と言ったわ」

こういう発言があるからといって、「カフカはじつは生きたがっていた。自殺したかったわけではない」とするのは、ちがうでしょう。たとえ今すぐに自殺したい人でも、誰かに首を絞められれば、手をふり払おうとするはずです。自分で死ぬのと、病気に殺されるのとではぜんぜんちがいます。

亡くなる前、カフカは医師に頼んで、ドーラをお使いに出してもらいます。自分が苦しんで死ぬところを、ドーラに見せないようにするためです。

けれども、いよいよ最期のとき、カフカはドーラを求めます。看護師が人に頼んで、急いでドーラを追いかけてもらいます。ドーラはカフカのために買った花を手に持って、息せき切って、駆け戻ってきました。

でも、カフカはすでに息絶えていました。ドーラはカフカにすがりつき、「フランツ、きれいな花よ、これを見て、匂いをかいで！」と語りかけました。

看護師の証言によると、「そのとき、すでに事切れていると思われた瀕死の患者が、もう一度身を起こし、花の匂いを嗅いだのです。不可解なことでした」（『回想のなかのカフカ』）

そして、カフカは微笑しました……。

いつもいつも、
死にたいと思いながらもまだ生きている。
それだけが愛なのだ。

カフカ

あとがき　カフカの日記や手紙の面白さ!

どんな文学作品を読んだ時にも経験しなかったほどの感動

「カフカはなぜ自殺しなかったのか?」という観点からその人生を見つめてきましたが、この本のもうひとつの目的は、カフカの「日記」や「手紙」の面白さをご紹介することにあります。

親友で作家のブロートは、カフカの日常の会話まで日記に書きとめていました。カフカの場合、小説だけでなく、日記や手紙、ちょっとしたメモまでも、すべてが作品と言っていいほど面白いのです。ブロートはこう書いています。

カフカの言動にはすみずみまで一種独特な魅力が行きわたっていたし、彼が書いたものは一語であれ、一行であれ(ちょっとした挨拶状でも、祝辞や献本の辞でも)、その例外ではなかった。

ノーベル文学賞を受賞した作家のカネッティも、カフカが恋人のフェリーツェに出した手紙を読んだときのことを、こう書いています。

> どんな文学作品を読んだ時にも経験しなかったほどの感動をもって、これらの手紙を読んだのであった。

新潮社の『決定版カフカ全集』で日記の巻の翻訳を担当した谷口茂も、『フランツ・カフカの生涯』という本でこう書いています。

> 私の興味は作品以外のものに移り、特に日記と書簡類に蠱惑（こわく）され、ときとして作品より面白いと思うほどになった。
>
> 一つの抑制しがたい感情に動かされていることも、言わなければならない。（中略）具体的には、カフカの作品だけが取り上げられて、それ以外の日記や断章、特におびただしい書簡類がほとんど無視されていることに対する疑問である。

私もまったく同感です。

といっても、じつは私は最初、カフカの小説は読んでも、日記や手紙にはぜんぜん興味がありませんでした。

カネッティの本を通じて、日記や手紙も面白いらしいと知って、あわてて読んでみたところ、そのあまりの面白さに、びっくりして飛び上がったのでした。

今まで読んでいなかったなんて、なんてもったいないことをしていたのかと、大後悔しました。

カフカも日記や手紙を読むのが好きだった

カフカ自身も、他の作家の日記や手紙を読むのが大好きでした。

「ある作家たちにおいては、カフカは作品そのものより日記の方がずっと好きだった」とブロートも書いています。

キルケゴールの日記の抄訳『士師の書』を読んで、カフカは日記にこう書いています。

彼の人生に起きたことは、ぼくの場合と非常によく似ている。
少なくとも、彼は世界の同じ側にいる。
彼は友達のように、ぼくの肩をもってくれる。

自分の人生と重ね合わせるようにして読み、心の支えとしている様子がよくわかります。今、カフカの日記や手紙を読む私たちも、まさに同じような気持ちになるのではないでしょうか。

カフカはまるで現代人のようなので、カフカの日記や手紙も、今こそ読みたいものと言えると思います。

カフカの日記や手紙を新訳で

ところが、現在、カフカの日記や手紙をすべて読もうと思ったら、すでに絶版になって久しい『決定版カフカ全集』をさがすしかありません。

古書をさがして、しかもかなり高価になっているものを購入するというのは、よほど面白さに確信がないと、できることではありません。

新刊で気軽に手にとって、カフカの日記や手紙の面白さにふれることのできる本が必要だと思っています。本書もそうした一冊になればと願っています。

また、全集では、日記と手紙は別々の巻になっていますし、手紙も相手先によって分けられています。すべてを年代順に並べるというのも、この本でやりたかったことのひとつです。同じ出来事を、日記にはどう書き、手紙にはどう書き、また別の人への手紙にはどう書いていたのかを見比べるのも、また興味深いからです。

せっかくですから、カフカの言葉はすべて新訳しました。

本文中で、少し小さな太文字になっているのが、カフカの言葉です。

少し小さくしてあるのは、重要度が低いからでは決してなく、まったくその逆です。少し小さくしたほうが、かえってそこに目が向くし、文字の周囲にいい感じのゆとりが生じるという、編集者さんのご忠告にしたがったのです。

一生懸命に訳しました。私の解説は読み飛ばしていただいてもかまわないので、カフカの言葉のところだけでも拾い読みしていただければと思います。

なお、カフカの言葉は、詩のように改行してありますが、これは原文がそうなっているわけではなく、私が勝手にしたことです。なぜそんなことをしたかというと、読みやすいようにということと、カフカの言葉には詩や俳句のような味わいがあるので、それを感じていただきたかったからです。カフカは活字がすごく大きくて余白がたっぷりある本を望んでいたのですが（まるで絵本のような）、そうもいかないので、こうしてみました。

翻訳に関しては、知人の校正者、岡上容士さんにご協力いただき、おかげで、より正確な訳文にできました。相談しながら訳すということを初めてしてみたのですが、これがとても楽しく、勉強になりました。ふたりで「ここは本当に価値のある新訳になりましたね！」と盛り上がったり、いろいろ思い出深いです。なお、いくつかの箇所の解釈に関しては、岡上さんを通じて、ネイティブのスザンネ・オズヴァルトさんのご意見をうかがいました。

カフカの最新の研究については、京都大学文学部准教授の川島隆先生からいろいろと教えていただきました。たとえば、3通目のフェリーツェへの手紙が投函されていなかったことや、カフカがベルリンから即日帰ったわけではなかったことや、フェリーツェの弟や妹と思われていた人たちが兄や姉であったことや、婚約解消の法廷にカフカの友人の男性はいなかったらしいということなどです。そのおかげで、カフカの伝記本としても、最新の研究を反映したものにすることができました。

本書を出版できたのは、春秋社の篠田里香さんのおかげです。篠田さんの英断と尽力とやさしさがなければ、とても成り立ちませんでした。
小さな1冊の本が生まれるにも、さまざまな助けが欠かせません。この場を借りて、御礼申し上げます。

そして、本書をお読みくださった皆様、ありがとうございました。皆様の心のどこかに、カフカの言葉が、そしてカフカ自身が、遠くの夜景の小さな窓の灯りくらいでもいいので、残って輝きつづけることを願っています。
そして、カフカの日記や手紙をもっと読んでみたい、カフカの小説も読んでみたいと思っていただければ、とてもうれしいことです。

頭木弘樹

海辺のカフカ、31 歳

主な引用・参考文献　ブックガイドをかねて

Kafka, Franz : Gesammelte Werke. Hg. von Max Brod, Frankfurt a. M. 1950ff.
――ブロート版カフカ全集。カフカの親友のブロートが編集したものです。カフカの遺稿はほとんどが未完成な草稿です。そのままでは読みにくいので、なるべく読みやすくするという方針で、たとえば短編だけを抜き出して集めるなどの編集がなされています。今回の翻訳の底本です。

Kafka, Franz : Schriften, Tagebücher, Briefe. Kritische Ausgabe. Hg. von Jürgen Born, Gerhard Neumann, Malcolm Pasley und Jost Schillemeit, Frankfurt a. M. 1982ff.
――批判版カフカ全集。「批判」というのは「新たに文献学的な校訂を加えた」という意味です。研究者のマルコム・パスリーらが編集したもの。できるだけ手を加えずに、カフカが書いた通りを提示する、という方針で編集されています。カフカの日記や手紙の日付はこちらも参照しました。

『決定版カフカ全集』全12巻　川村二郎、円子修平、前田敬作、飛鷹節、千野栄一、中野孝次、谷口茂、辻瑆、吉田仙太郎、城山良彦、柏木素子訳　新潮社
――ブロート版カフカ全集の邦訳。日記や手紙まですべて含まれる全集は、邦訳では、今でもこれだけです。そういう意味では今でも決定版で、大変貴重です。日記や手紙をさらに読んでみたいと思った方は、古書店か図書館でさがしてみてください。この全集の復刊、あるいは批判版カフカ全集の日記や手紙の巻の邦訳が望まれます。

マックス・ブロート『フランツ・カフカ』辻瑆、林部圭一、坂本明美訳　みすず書房
——ブロートによる、カフカの評伝です。親友のブロートだからこそ知っているカフカのエピソードが満載で、貴重な本です。長く絶版なのが惜しまれます。ぜひ復刊してほしい本です。本書でのブロートの言葉は、すべてこの本からの引用です。

クラウス・ヴァーゲンバッハ『若き日のカフカ』中野孝次、高辻知義訳　ちくま学芸文庫
——ブロートと出会う前の若い頃のカフカについては、あまりわかっていませんでした。それを、まだ無名な若い研究者だった著者が、大変な情熱で調査して書いたのが、この本です。「これは人が一生に一度しか書けないような本だ」と、訳者あとがきで、中野孝次も書いています。復刊が望まれます。

ハンス＝ゲルト・コッホ編『回想のなかのカフカ　三十七人の証言』吉田仙太郎訳　平凡社
——カフカの恋人や友人や知人たちがカフカのエピソードを語っている文章を集めたもの。とても面白いですし、貴重です。こちらも古書での入手のみとなっています。復刊が望まれます。

エルンスト・パーヴェル『フランツ・カフカの生涯』伊藤勉訳　世界書院
——大変に分厚い、カフカの詳しい伝記です。この著者も、カフカと同じように保険会社勤務のかたわら執筆をしていたそうです。本書でロサンゼルス・タイムズ賞を受賞。

谷口茂『フランツ・カフカの生涯』潮出版社
——森鷗外は『ファウスト』を訳す前に、まずゲーテの伝記を書きました。谷口茂も、まずこの評伝を書いてから、『決定版カフカ全集』の日記の巻の翻訳をしています。見習うべき、素晴らしい姿勢だと

思います。カフカの日記や手紙に焦点をあてた評伝で、とても面白いです。復刊が望まれます。

池内紀『カフカの生涯』新書館
——日本のカフカの翻訳と紹介の第一人者による評伝です。白水uブックス版もあります。他に、入門書的な『となりのカフカ』、事典形式の『カフカ事典』など、著者にはこの他にもカフカ関連の著作が多数あります。

エリアス・カネッティ『もう一つの審判　カフカの「フェリーツェへの手紙」』小松太郎、竹内豊治訳
法政大学出版局
——カフカに関する評論の最も優れたもののひとつ。個人的には、これほど面白い本はないと思っていて、心酔しきっています。カネッティはノーベル文学賞もとっていますが、安部公房も絶賛していて、「世界で最初のカフカ論は、カネッティが書いたらしい。両方とも孤独な作家だ。まだ世間に知られていないカフカのことを、まだ世間に知られていないカネッティがせっせと書きつづっていたんだな」と語っています。

フランツ・カフカ『ポケットマスターピース01　カフカ』多和田葉子、川島隆、竹峰義和、由比俊行訳
集英社文庫
——川島隆訳による「書簡選」が入っています。また、カフカが仕事で書いた公文書の翻訳、「公文書選」も入っています。とても貴重です。なお、長編『訴訟』の訳も入っていて、原文に忠実でありながら、とても読みやすい、素晴らしい訳です。今後のスタンダードとなる訳と言えるでしょう。

写真

Wagenbach, Klaus : Franz Kafka. Bilder aus seinem Leben. Berlin 1983.

著者紹介

頭木弘樹（かしらぎ・ひろき）
筑波大学卒業。文学紹介者。編訳書に、『「逮捕＋終り」――『訴訟』より』フランツ・カフカ（創樹社）、『絶望名人カフカの人生論』フランツ・カフカ（飛鳥新社／新潮文庫）、『希望名人ゲーテと絶望名人カフカの対話』ゲーテ、カフカ（飛鳥新社）。監修書に、『マンガで読む　絶望名人カフカの人生論』平松昭子（飛鳥新社）。著書に、『絶望読書　苦悩の時期、私を救った本』（飛鳥新社）がある。
月刊誌『望星』（発行・東海教育研究所　発売・東海大学出版部）で、「落語を聴いてみたけど面白くなかった人へ」を連載。

ブログ	http://ameblo.jp/kafka-kashiragi
ツイッター	https://twitter.com/kafka_kashiragi
フェイスブック	https://www.facebook.com/hiroki.kashiragi
メール	kashiragi@mist.dti.ne.jp

カフカはなぜ自殺しなかったのか？――弱いからこそわかること

2016年12月20日　初版第1刷発行
2024年 5 月10日　　　第3刷発行

著者©＝頭木弘樹
発行者＝小林公二
発行所＝株式会社 春秋社
〒101-0021　東京都千代田区外神田2-18-6
電話（03）3255-9611（営業）・（03）3255-9614（編集）
振替　00180-6-24861
https://www.shunjusha.co.jp/
印刷所＝萩原印刷 株式会社
装　丁＝岩瀬　聡

ISBN 978-4-393-36543-4　C0010
定価はカバー等に表示してあります